Narratori Feltrinelli

Lorena Spampinato

Piccole cose connesse al peccato

Prima edizione ne "I Narratori" marzo 2023

Pubblicato in accordo con Grandi & Associati, Milano

Stampa Grafica Veneta S.p.A. di Trebaseleghe - PD

ISBN 978-88-07-03527-2

Ecco cos'era essere giovani, avere la vita davanti.
Niente di niente. Un baratro profondo.

Yasmina Reza, *Felici i felici*

Disobbedienza

1.

Estate, 1996

Il primo fu un rumore aspro, come di catenacci e ferri scossi. Pensammo che qualcuno fosse entrato in casa e ci svegliammo di soprassalto per andare a vedere di sotto. Nel buio camminammo scalze, due lunghe vestaglie bianche dondolavano sulle caviglie come campanelle pasquali. Dalle tasche risaliva l'odore stretto e antico degli armadi. Sembravamo risvegliate in un altro tempo.

Enza azzardò una fretta nei passi e di corsa scese la scala che portava in cucina. Io la seguii timorosa, preoccupandomi di non restare indietro.

Aspetta, le dissi.

Lei non rispose, continuò spedita. Controllò dapprima l'ingresso con la faccia accigliata, quindi si mise a studiare la maniglia. Ne spinse il dorso più volte e scosse la testa: la porta era chiusa a chiave dalla sera prima. Vagammo con lo sguardo per la stanza. Era tutto come lo ricordavamo: il tavolo ingombro dei resti di una cena di fortuna – gusci d'uova, foglioline di insalata; numerose scatole accatastate in un angolo; la vecchia credenza mangiata dai tarli; il grande orologio fermo alle sette di chissà quale giorno.

A quel punto potevamo tornarcene a dormire, ma lei ancora si guardava attorno con sospetto.

In uno scatto s'arrampicò su per la cucina a gas premendo con le mani sui fornelli. Riuscì a mettersi prima in ginocchio, poi in piedi, fino a che la sua altezza ebbe raggiunto la finestrella che dava sul cortile.

Da qui non si vede niente, disse piano.

Basta, scendi da lì, ti farai male.

Fu in quel momento che sentimmo il secondo rumore. Un colpo secco e legnoso. E subito una voce sommessa, indistinguibile.

Enza si sporse ancora verso la finestra, mentre coi piedi sformati provava a indovinare dove poteva poggiarsi per vedere meglio. La pianta premette sul sostegno ferroso dei fornelli. Le sfuggì un lamento di bocca, credetti si fosse tagliata.

Ti sei fatta male?

No.

Che cosa vedi?

Non vedo nulla.

Non sapevo come aiutarla. Avrei potuto arrampicarmi anch'io sul cucinino e appendermi alla finestra accanto a lei, oppure andare a guardare altrove. Mi venne in mente lo scantinato dove una volta si conservava il vino, ma l'idea di avventurarmi da sola in quel posto mi toglieva ogni coraggio. Mossi qualche passo per la stanza, feci più giri attorno al tavolo, mi abbassai a controllare anche lì sotto spostando prima una sedia e poi l'altra.

In mente pregavo perché non ci fossero più di quei rumori – perché ce ne andassimo a letto. Basta, mi dicevo. Basta. Adesso torneremo di sopra, alzeremo i lenzuoli sulle vestaglie, lasceremo che ci prenda il sonno. Desideravo questo e nient'altro. Provai a dirlo a Enza ma non ne ebbi il tempo. Dalla finestra si levarono fasci di luce sottile, come di torce. Se era chiaro che nessuno fosse ancora entrato lì dove eravamo, a quel punto mi sembrò che potesse accadere da un momento all'altro.

C'è qualcuno, andiamo.

Certo che c'è qualcuno, è per questo che siamo qui.

Mi sembrò che il suo tono si fosse ingrigito. Adesso anche lei aveva paura, ma lo stesso continuava a spostarsi da un punto all'altro del cucinino come se non ci fosse altro modo di scoprire cosa accadesse là fuori.

D'istinto mi mossi verso di lei, dissi: Ti prego, andiamo.

Poiché non mi ascoltava, la tirai per la veste.

Non volevo strattonarla, non nel modo in cui lo feci. Mi accorsi in ritardo – quando vidi che il suo equilibrio s'era fatto precario – di aver osato una forza eccessiva.

In un attimo riuscii a vedere con precisione cosa sarebbe accaduto dopo, il modo in cui le gambe avrebbero vacillato sotto alla vestaglia.

Cadde di schiena, trascinando con sé la griglia ferrosa. Un tonfo secco come uno sparo.

Fu il rumore a spaventarmi, più della sua caduta e di scoprirla lì per terra a gambe all'aria, con la vestaglia alzata fino alle cosce coperte appena dal pigiama estivo.

Indietreggiai per levarmi lo spavento di dosso. Non seppi aiutarla: non mi piegai a vedere cosa fosse successo. Guardavo solo la sua faccia imbruttita da un grido represso: le gengive rosse bene in vista, i denti bianchissimi, lo sguardo freddo come un rimprovero.

In lontananza sentimmo un verso roco, un richiamo. Sembrò che il fiato le avesse lasciato il torace, la bocca, e fosse uscito a gridare per strada, davanti alla casa, lì dove un attimo prima Enza era intenta a guardare.

Arrivò ancora un'eco lontana, poi ci sorprese il silenzio.

Sei un disastro, disse.

Subito allungò la mano verso di me e mi afferrò la vestaglia. S'appese con tutte le dita come prima avevo fatto io con lei e diede uno strappo deciso. Poiché non seppi calarmi, cominciò a insultarmi. Disse che di me non c'era da fidarsi, che avrei potuto ammazzarla.

A quel punto sentimmo accorrere zia Angela, sua madre. I suoi zoccoli batterono sulle scale come schiocchi di frusta.

Che succede? gridò mossa dallo spavento.

Arrivò in cucina trafelata. La faccia gonfia dal sonno.

Ci sorprese a quel modo: Enza seduta per terra, l'ampia vestaglia aperta a cerchio sulle gambe strette; io dritta in piedi davanti a lei ferma nel gesto di afferrarla. Avevo fatto a tempo a risistemare i fornelli, ma non ad aiutarla a rialzarsi.

Nessuna delle due si affrettò a spiegare. Per un orribile istante ci guardammo intorno smarrite. Cercavamo ancora, nella stanza, una forma indistinta di uomo o d'animale. Qualcosa che potesse chiarire le nostre paure.

Ma la notte aveva già spento ogni ombra, ogni suono. Tutto adesso taceva.

Quando Angela accese la luce – l'unico gesto sensato – le cose mutarono presto colore.

L'attenzione andò al vecchio pavimento di cotto divenuto velocemente da grigio a rosso, poi all'angolo di notte torbida incorniciato dalla finestra in alto.

Angela passò in rassegna le mattonelle lise, le gambe insidiose dei mobili. Alla figlia sibilò: Cosa ti viene in mente di girare la notte senza accendere la luce? Fammi vedere se ti sei fatta male.

Enza si ricompose all'istante: una mossa tanto decisa che sua madre desistette dall'avvicinarsi. Non è niente, disse svelta. Pensavamo di aver sentito un rumore.

Allora sembrò sollevata, ma solo un attimo prima mi aveva guardato come se davvero avessi provato a ucciderla. Nel buio, nel gioco d'ombre sulla sua faccia infuriata, gli occhi di Enza si erano come espansi tradendo una sproporzione che mi era sembrata mostruosa, temibile.

Avrei rivisto ancora quello sguardo, un mese dopo quella sera. Quando davvero avrei temuto per il suo bene, per il nostro bene.

2.

Alla luce del sole, lo spazio angusto della notte divenne un ricordo lontano, un'allucinazione. D'un tratto mi sembrò che ci fossimo impressionate per niente.

Enza lanciò uno sguardo inconsistente alla stanza, portava ancora in faccia i segni della stanchezza. Mi sembrò confusa e stordita, lo stesso tentò di scherzare.

Ho la schiena a pezzi, disse ridendo. Poi passò a parlarmi con affetto, come se implorasse un perdono.

Dopo la caduta, quella notte, s'era alzata in piedi a fatica reggendosi la schiena come un'anziana. Il dolore l'aveva resa curva, le scapole sporgenti si erano alzate come ali dalla vestaglia. Senza dire nulla aveva guardato i fornelli, la finestra, poi aveva detto: Andiamo.

Eravamo tornate in camera a quel modo, lei tutta piegata e quasi zoppicava, io che la seguivo con lo sguardo bieco. Prima di dormire le avevo allungato una scatola di Aulin umida del sudore della mia mano. Lei aveva letto solo la scritta a penna di mia madre: dolori mestruali. Che ci faccio con queste? aveva chiesto. Poi si era girata di schiena lamentandosi ancora: Che male, non posso pensarci.

In cucina trovammo Angela che armeggiava intorno al fornetto elettrico incerta su come scaldare le brioche di pasticceria portate da Catania. Quando si accorse di noi ci rivolse un saluto distratto. Continuava invece a regolare la temperatura del forno facendo roteare la manopola da una parte e dall'altra.

All'improvviso disse senza voltarsi: Volete sapere cos'è che vi ha svegliate stanotte?

La voce suonò sospettosa. Per un attimo sembrò che volesse accusarci di aver scherzato. Invece disse: Mi dispiace.

Raccontò che dopo essersi rimessa a dormire, quella notte, s'era svegliata di nuovo con l'idea di aver visto un'ombra flessuosa muoversi ai piedi del letto. L'aveva creduta una visione spinta dal sonno, lo stesso s'era alzata con l'assillo di aver visto qualcosa. Così aveva dato un'occhiata in giro. Di nuovo era scesa in cucina, aveva aperto armadi e sportelli. Solo alla fine aveva controllato l'esterno, il piccolo antro ovale che dalla casa portava al grande cortile condominiale. Lì, appena fuori dall'ingresso, dove il giorno prima erano legate due biciclette nuove di zecca, non era rimasta che l'inutile catena che le teneva insieme.

Te lo stai inventando, disse Enza.

Intanto correva a controllare: in un gesto nervoso spalancò la porta e affacciò prima solo la testa, poi tutto il tronco. Guardò incredula dove Angela aveva indicato.

Era tutto vero: le biciclette erano scomparse.

La colpa è tua, mormorò. Ci hai portato in questo paese di morti di fame.

Con sua madre era diventata dura. Non riusciva a perdonarle i lunghi capelli neri e ondosi, le ore a lucidarsi le unghie, i momenti in cui era un fiotto di singhiozzi e con la bocca stretta come un'asola diceva: Che figlia bellissima, non ne esistono come te.

Così le aveva detto di quella vacanza, svelando l'idea in un suono minuscolo: un mese al mare, nella casa che era stata sua da ragazza e che Enza conosceva già. Solo dopo aveva aggiunto che suo padre non le avrebbe seguite, che aveva del lavoro da sbrigare.

Puoi portare tua cugina, aveva detto. Poi si era dileguata.

Enza aveva fatto finta di niente, ma le urla dei suoi genitori erano arrivate anche a lei. Nel grande armadio a specchio aveva visto sé stessa da bambina. I capelli scuri e sottili divisi in bande ordinate. Lo sguardo serio, posato. Gli occhi gonfi di chi trattiene il pianto.

Accadeva per sciocchezze.

Perché Angela diceva che detestava la casa e le faccende, e ogni sforzo le pesava in maniera enorme. Pulisci tu, diceva. Non voglio rovinarmi le mani a fare la massaia.

Le rare volte che suo marito rispondeva, lo aggrediva più forte. E appena lui provava a sottrarsi alla gragnola di insulti, lo inseguiva battendogli i pugni sulla schiena: Che grande sbaglio ho fatto. Poi andava a chiudersi da qualche parte. Da lì gridava ancora: Che grande sbaglio.

Enza prendeva sempre le parti del padre.

È un santo, diceva. Ne lodava la cordialità formale, il modo di rivolgersi con garbo agli estranei. L'eleganza nel chiedere scusa, permesso.

I modi di sua madre invece la ferivano di imbarazzo.

Certe volte avrebbe voluto nasconderla dietro una gamba, questa donna che attirava sguardi e commenti e chiedeva favori con smorfie da ragazza e sulla piega in disordine, le rughe da sottrarre al sole, inventava drammi e lamenti. Questa donna, avrebbe voluto dire a tutti, non so chi è.

Pure quella mattina la disconobbe a suo modo. Mentre ancora litigavano per il furto delle biciclette e Angela provava a dirle: Chiederemo ai vicini, le troveremo, Enza si schermì con la mano per non guardarla. Poi si voltò verso di me col volto fiero.

Andiamo al mare, Annina.

Tutto questo me lo confidò lungo il tragitto che, con le bici, sarebbe stato un attimo e invece adesso, al ritorno, ci avrebbe fatto morire di caldo.

La rabbia le pulsava in gola, non riusciva a calmarsi. Poiché tentai di dirle che non era successo poi molto, cominciò a raccontarmi delle volte che in casa sua madre alzava la voce senza un motivo.

Disse che era un'isterica, una senza cervello.

Sai cosa fa tutto il giorno? Niente. Tranne risistemarsi il trucco e i capelli, sfogliare le sue stupide riviste.

Adesso mi sembrava divertita, ma la voce le usciva fuori a scatti, come se qualcosa o qualcuno continuasse a interromperla.

Passò da lì a riferirmi tanti piccoli fatti che ignoravo.

Raccontò degli esiti disastrosi dei loro litigi. Di quella volta che, piangendo, Angela aveva minacciato lei e suo padre di gettarsi dal balcone. O di un'altra volta che era uscita fuori in camicia da notte gridando come un'ossessa e svegliando tutti i vicini. Nei giorni successivi, Enza era entrata e uscita di casa oppressa da una vergogna di cui sua madre era incapace.

Di ogni racconto sottolineava ciò che me l'avrebbe resa estranea, irriconoscibile.

Avevo sempre ammirato il manto di capelli di zia Angela, i suoi vestiti alla moda, la sua indolenza mi sembrava cosa da gran signora. Quando eravamo bambine non metteva piede nella camera di Enza, non controllava se sparpagliassimo i giochi di cui era stata sempre più ricca. Un giorno ne era rimasta vittima una preziosa Barbie appena arrivata per Natale. Le avevamo insegnato piroette e arabeschi. Enza andava a danza classica, sognava di diventare ballerina. È stata lei, aveva gridato correndo in cerca di sua madre: in una mano il corpo mutilo, nell'altra l'arto che avevo strappato nello zelo di imporre una spaccata a gambe divaricate. È stata Annina, diceva. E intanto lanciava in aria ogni cosa, non la smetteva di piangere, disperarsi.

In silenzio mi disperavo anch'io. Le cose di tua cugina non si toccano, avrebbe urlato mia madre. Nella calza della Befana avrei trovato solo carbone di quel nero che tingeva denti e labbra del sapore appiccicoso della colpa.

Troppo mortificata per cercare di giustificarmi, avevo preso la bambola abbandonata a terra come un rifiuto. Dopo qualche tentativo impotente, avevo udito incredula lo scrocchio con cui la gamba era tornata a posto. Solo allora zia Angela si era girata. Grazie al cielo, aveva detto. E adesso tornate a giocare, da brave.

In spiaggia continuò a inveire contro sua madre. Mi fu chiaro che non si trattava più di uno sfogo, ma di un modo per aizzarmi contro di lei. Voleva a tutti i costi che in quella lotta fossi sua alleata. E poiché la mia unica reazione fu quella di coprirmi la bocca con la mano, disse la sola cosa che me l'avrebbe fatta odiare.

Sai cosa ripete quando mi vede girare in tuta o in ciabatte? Stai attenta sennò tra qualche anno diventi grassa e sciatta come zia Rita.

Quell'ultima confessione mi fece male.

Mi tirai in piedi, cominciai a guardarmi attorno.

Su quel pezzo di spiaggia avevamo trascorso tutte le estati della nostra infanzia, eppure mi sembrò di non riconoscerlo.

Osservai l'ampia baia: l'intervallo tra i due promontori era un tratto di terra torto e invecchiato. Non somigliava affatto al golfo che avevo percorso col dito da bambina. Vicino alla battigia un braccio irsuto d'anziano indicava in lontananza Capo Taormina. A guardarlo adesso, l'ascesso roccioso mi sembrò piccolo e insignificante.

Davvero zia Angela aveva detto quelle cose di mia madre?

Mi attraversò la mente l'idea che Enza volesse soltanto ferirmi, lo stesso mi rivolsi a lei con una smorfia complice.

Vuoi fare il bagno? chiesi.

No, adesso no, disse lei spazientita, e subito si voltò bruscamente.

Per il resto della mattina non mi rivolse la parola. Pure quando le chiesi come andava la schiena mosse una mano in aria che significava: via, lasciami stare.

3.

Al rientro dal mare trovammo in casa Mela e Bruna. Sedevano con Angela intorno al tavolo della cucina, una con le braccia incrociate al petto e la schiena mollemente inclinata in avanti, l'altra a spalle tese e con le mani strette a pugno come se aspettasse di andarsene.

Mela la riconobbi appena. Il suo balcone sporgeva da sempre sul nostro stesso cortile. Nelle estati della mia infanzia l'avevo vista stendere i panni sul filo, fumare convulsivamente coi gomiti piantati alla ringhiera, fare sfoggio di grandi vasi di gerani, eppure la sua faccia entrando mi era sembrata sconosciuta.

Invece riconobbi subito Bruna, sua figlia. Era stata, da bambina, la compagna di giochi di Enza. In un lampo la rividi a correre per la spiaggia, bionda e minuta, le braccia fameliche come ali di un insetto. Ma adesso che si era fatta ragazza non sapevo cosa dirle.

Le rivolsi un buongiorno guardandola appena e pure Enza fece lo stesso: salutò con un sorriso, poi corse al piano di sopra. Poiché non mi riuscì di seguirla, indugiai lì davanti piena di incertezze.

Già a mezzogiorno Angela era truccata a festa. Il viso era acceso da un ombretto azzurro e una tinta pastosa le allargava la bocca. Inoltre sudava, il naso e la fronte erano madidi e i capelli pettinati s'arricciavano tra le scapole.

Ascoltai distrattamente: parlava con la faccia afflitta del

furto di quella notte. Del timore che fossero entrati anche in casa, che avessero cercato tra le sue cose. Quel posto era rimasto a lungo disabitato. Adesso le sembrava di tornare ospite. Raccontò l'impressione che era stata non trovare al risveglio le stanze già rassettate, sua madre che pure anziana lustrava da cima a fondo il soggiorno, la cucina.

È tutto diverso, disse con la voce che strideva come un freno d'automobile.

Mela esagerò un balbettio del mento. Non aveva parole, solo un suono che veniva dalla gola e che usava per dire sì, certo, è così.

La veste che indossava, nera a pois bianchi, la faceva sembrare un grande dado da gioco. Da lì cadevano le braccia molli e grinzose, le caviglie gonfie. Anche lei sudava e sudava: dalla faccia scendevano piccole gocce opache che raccoglieva con le mani, ma il caldo si abbatteva sul suo viso come un castigo.

Era forse il confronto a farla antica: messa lì com'era, davanti ad Angela, con la stoffa del vestito scolorita e i capelli ingrigiti e morsi in cima da un brutto mollettone, Mela portava l'aspetto di una vecchia. Eppure dovevano avere la stessa età: da ragazze avevano diviso un banco di scuola e un amore che ancora riesumava tristezze.

Quando finalmente parlò, capii poco e niente. Continuava a dire che bisognava fare qualcosa, ma esprimendosi a singhiozzi, in dialetto strettissimo. Le spalle in tumulto, come scosse continuamente da piccoli fremiti.

Non fui curiosa di sapere altro. L'aria s'era fatta soffocante.

Vado a fare una doccia, dissi, e già mentre lo dicevo fui scontenta del modo in cui avevo parlato. La voce era venuta fuori limpida e squillante, inopportuna.

Bruna se ne accorse e mi lanciò un'occhiataccia.

Aspetta, disse. Con la faccia immusonita chiese di poter salutare Enza.

Mi domandai se ricordasse il mio nome.

In silenzio la guidai al piano di sopra.

Appena furono vicine si scambiarono un nuovo saluto. Come se prima non avesse dato l'impressione di volerla schivare, Enza batté due volte il palmo sul materasso e la invitò a sedere sul letto, dove lei pure sedeva.

Bruna non esitò a raggiungerla. Prese posto al suo fianco, ma a distanza. Le gambe di entrambe rimasero rivolte verso la porta, verso di me. Il tempo aveva soffocato ogni confidenza.

Ebbi, verso di loro, la stessa attenzione che avevo riservato alle loro madri pochi attimi prima. Mentre Enza mi sembrò la copia splendente di Angela, notai che Bruna non somigliava per niente a sua madre.

La trovai bella, di una bellezza quasi molesta, con un sorriso vagamente dispettoso. Indossava un abito a fiori, aderente come un guanto e di un tessuto setoso. Una frivolezza invidiabile per una ragazza che abitava in un paese di mare. Intuii nel suo sguardo un principio di sfida, di languore. Un fascino puntuto che già allora me la rese sospetta.

Io le sbirciavo da un angolo. Osservavo le piccole mani graziose, il modo singolare, refrattario, che avevano di muoverle. Mi chiesi se in due o tre anni avrei raggiunto vagamente la loro bellezza. O almeno quell'indole accesa e febbrile, la luce maestosa che scorsi in loro quel giorno.

4.

Stando ai miei calcoli, Bruna doveva avere sedici o forse diciassette anni – ricordavo che lei e Enza erano coetanee. Le rividi bambine: il corpo sottile e asciutto, le gambe lunghe da gazzella. Bruna col costume slabbrato, forse di una taglia più grande. Eccole, insieme sulla spiaggia, a interessarsi a cose inutili: le pietre rosa della battigia, rotonde, della grandezza di una noce. Disporle in cerchio. Creare perimetri e fosse. Gettarvi dentro colonie di meduse violacee. La caviglia di Enza che si gonfia al tocco di un tentacolo. Pustole rosa. La pelle bruciata, avvizzita. Poi Bruna che le orina sulla ferita.

È così che si fa, aveva detto.

Adesso erano entrambe sul letto. Due vestiti corti, cortissimi. Sembrava che vi fossero appena cresciute dentro.

Bruna partì da lontano. Chiese come state, che ci fate qui, quanto tempo rimanete. Parlava al plurale, ma era a Enza che si rivolgeva.

Presto si ritrovarono a discutere come appena destate da un sonno, la voce fioca, lievemente tormentata. Nello sforzo di raccontarsi dissero molte cose insieme. Parlavano come spinte dall'abitudine, con parole che guizzavano da una parte e dall'altra senza direzione, scrutandosi da capo a piedi. Rasserenandosi a vicenda via via che la voce si faceva più gaia e meno tesa al sospetto.

Così apprendemmo del padre di Bruna. Un tumore fulmineo al fegato.

Ce ne parlò quasi scherzando, in un fischiar di denti e senza piangersi addosso, come se quello fosse l'unico modo possibile di parlare di un padre morto.

Fu allora che Enza cambiò atteggiamento. Si strinse nelle spalle. Le sopracciglia crearono un'ombra sugli occhi. Da come si mosse capii che voleva abbracciarla. Il gesto le era venuto spontaneo.

Bruna invece sorrise, sembrò ritrarsi. Disse: Sto bene, è passato del tempo.

Poi cambiò discorso con facilità, ma intanto anche lei si avvicinava.

Adesso le loro gambe si toccavano. Segnavano un confine. Il confine era tra loro e me.

Da lì in poi Bruna smise di parlare al plurale. Arrivò brevemente al punto.

So chi ha preso le bici, disse. E subito: So anche come riprenderle.

Come? chiese Enza. La sua voce suggerì una premura ansiosa. Capii che Bruna avrebbe potuto chiederle di tutto. La storia del padre l'aveva rabbonita.

Fu il momento in cui anch'io mi misi comoda. Lasciai scivolare le spalle contro il muro, occupai un piccolo cuscino sfoderato e abbandonato per terra.

Allora prese a raccontare la storia da cui tutto ebbe inizio.

Quella per cui ancora oggi mi dico: che sciocche siamo state. Sciocche.

Pesci che abboccano agli ami.

Raccontò di avere già avuto a che fare con quei ladruncoli, e un'ondata di rosso le colorò presto il viso. Disse che una sera di ritorno a casa si erano girati in gruppo a fischiarla spaventandola a morte. Disse anche che l'avevano seguita: dal viale centrale alla sua abitazione. Qualcuno l'aveva spiata tra le finestre.

Raccontò poi, in un'immagine che ci sembrò slegata dal

resto, dell'uccella trovata morta nel suo cortile. Era successo il mattino dopo, e adesso nella fantasia i due eventi restavano fissati l'uno all'altro come certi sogni fatti coincidere nel giorno con profezie di verità.

Subito l'aveva creduta una vendetta. Lo disse senza esitare, in un tono che sembrò aggressivo: quei disgraziati non l'avevano raggiunta, e per dispetto s'erano avventati sull'animale.

Su quel punto insistette: solo pochi mesi prima uno stormo di cornacchie aveva invaso il paese. Bestie insolitamente innocue, docili come randagi al primo torso di pane.

Una di queste era rimasta per settimane davanti al loro cortile. Alla sera s'avventava famelica sulla scodella di carne lasciata da Bruna. Lei si guardava la scena, poi rientrava dicendo a sua madre: Sembra una persona.

Quando l'aveva trovata aveva un'ala ferita. S'alzava in volo obliqua, con rapidi – impazienti – movimenti della testa, del becco. Subito ricadeva dimenandosi fino a terra.

La prima volta s'erano spaventate a vicenda.

Bruna era tornata sui suoi passi, si era messa a guardare da lontano. Poi qualcosa l'aveva attratta: forse gli occhi che parevano chiamarla. Occhi tutti pupille, disse. Lucidi come specchietti.

Allora si era fatta più vicina. Armata di coraggio l'aveva corteggiata con delle briciole e presto accolta nella conca delle sue mani.

Quella sera s'era messa a imbeccarla come fosse una figlia, avvicinando con le dita il cibo al becco spalancato. Dicendo: Ancora un po'. Ti farà bene.

Nei giorni a seguire l'aveva nutrita e medicata. Aveva indovinato senza sforzo il suo appetito per la carne macinata. Gliene aveva preparato un tanto a sera così che il corpo si rinsaldasse e scoprisse di nuovo la forza del volo.

Non ne ebbe il tempo. Quella mattina la scoprirono senza vita in un angolo del cortile. Non era certa che avessero saltato il cancelletto. Potevano averla uccisa allungando le braccia oltre l'inferriata. Era lì che l'avevano trovata. Stesa, come se dormisse, dentro una pozza di sangue scuro, nero. Dovevate vederlo, disse, era nero. *Nero*.

C'era poi il taglio: un taglio netto, senza slabbrature, della grandezza di un coltello da cuoco. La pelle adiposa non aveva opposto resistenza.

Prima di andarsene tornò più volte al momento in cui lei e sua madre avevano trovato il corpo sventrato dell'uccella. Disse che le tornava in mente il modo osceno in cui l'avevano sollevata da terra a mani nude e infilata in un sacco. Disse che si obbligava a togliersi dalla testa quell'immagine senza riuscirci.

Com'era esatta – didascalica – la morte raccontata a quel modo.

5.

La mattina dopo attraversammo in lunghezza la spiaggia. Arrivammo lì dove il passaggio si stringeva e dalla riva s'alzava una muraglia rocciosa che terminava in alto in una piazza aperta ai venti e al mare.

Eccoli, disse Bruna.

Lo sguardo era rivolto a una fila di ombrelloni e tendaggi addossata alle mura.

All'ombra dell'attendamento era insediato un gruppo rumoroso. Vidi dapprima la vecchia: larga e smargiassa, seduta sulla seggiola obliqua tutta piegata sotto al suo peso. Le mani grandi e callose, i polsi forti. Sgranava senza zelo un cesto di piselli o di fave. L'aiutava una giovane donna dai tratti somali, i capelli alti sulla testa come molle di una penna.

Accanto a loro – e quella fu l'immagine che più rapì il mio sguardo – sedeva una ragazza della mia età con un neonato al seno. Le guance butterate si incavavano come se fosse lei a succhiare. Il volto si chiudeva tutto in un ghigno di dolore ogni volta che il neonato serrava su di lei le gengive robuste.

Antonietta, la chiamò qualcuno.

Lei si distrasse dal ruolo di madre liberando al vento i piccoli seni. Gridò qualcosa: un suono confuso e interrotto subito dal pianto del figlio. Poi tornò alla creatura. Con un gesto brusco occupò la bocca sdentata.

C'erano alcuni ragazzi al suo fianco. Se ne stavano girati di schiena, a pochi passi dai seni scoperti. E a nessuno veniva in mente di voltarsi a spiare, come io stavo facendo, i piccoli capezzoli bruni.

Mi sembrò di essere capitata in un altro mondo. Un luogo remotissimo dove accadevano cose antiche: le bambine facevano le madri, allattavano al sole. Mi voltai per un attimo verso Enza e Bruna, cercai di afferrare lo scambio di voci, mi arrivò solo un bisbiglio confuso e nient'altro.

Tornai alla ragazza. Più della sua giovane età, mi sorprese che si potesse allattare a quel modo, senza vergogna e con dei maschi attorno.

Nella mia famiglia le donne che avevano avuto dei figli avevano allattato di nascosto, al riparo da occhi indiscreti, spesso coperte da grossi fazzoletti per non svelare nemmeno alle sorelle o alle madri il corpo scoperto. Forse per questo adesso ritrovavo nella madre bambina un'audacia tumultuosa, un coraggio.

Provai a indovinare il padre del bambino tra i ragazzi che aveva accanto.

Erano in cinque. Tra loro, solo uno pareva spiccare: un cappello da donna a falda larga gli copriva la fronte. Intravidi i grandi occhi scuri, il sorriso largo da briccone. Sulla spiaggia la sua ombra angolosa svettava sulle altre. Non poteva che essere lui il padre.

Gli altri in confronto sembravano bambini. Giocavano a carte, da dove eravamo si udivano più di ogni cosa i loro schiamazzi. Li guardai bene. Uno era piccolo e tozzo, la pelle chiarissima coperta di macchie. Un altro era rosso di capelli, un viso pasciuto puntellato di lentiggini e degli occhiali spessi da miope. Il quarto aveva occhi stretti, da vietnamita, la bocca inesistente. L'ultimo sembrava un ranocchio.

Il lombrico di ombrelloni si allungava ancora su un gruppo di donne larghe e avvizzite. Ridevano tra loro agitando in aria grossi ventagli.

Questi fanno come a casa loro, disse Enza.

Bruna non rispose subito, era distratta. Controllava con insistenza il gruppo, la spiaggia. Una collera imperiosa le bruciava lo sguardo.

Quella mattina aveva detto che avremmo raggiunto la piazza, niente di più. Nel tragitto aveva parlato di suo padre. Un uomo pieno di talenti, aveva detto. Aveva commentato le sue mani: grandi e con le dita affusolate, agili, unghie spesse. Mani da musicista. Da ragazzo aveva fatto parte di un gruppo jazz e in casa era incorniciata ancora una fotografia di Duke Ellington scattata a Palermo. Gli ultimi anni passati a incalcinare vecchi muri avevano rovinato i palmi per sempre. Dal nulla erano comparse escrescenze gialle e callose. Le carezze di sempre avevano preso a grattare.

Era infine tornata a parlare della cornacchia. Alla brutalità del racconto aveva aggiunto stavolta un tono da commedia.

Sperava che adesso l'uccella si accompagnasse al padre. Che passeggiassero insieme in qualche luogo e ridessero – guardandoci – di ciò che stavamo per fare.

Fu così che, mentre camminavamo dietro di lei sulla sabbia, l'immagine dell'animale morto si era fatta via via più sfuggente. Al suo posto era comparsa la gioia frugale di una passeggiata.

Qualche giorno dopo Bruna ci avrebbe confidato di aver sentito ridere i suoi morti in un angolo della casa.

Adesso indugiava. Se ne stava ferma in un punto, forse indecisa sul da fare.

6.

C'era un motivo, ci disse, se avevamo spiato quei ragazzi. Erano loro i responsabili di quello stupido scherzo. Loro i ladri, loro gli assassini. Disse queste parole senza troppa rabbia, in un tono da cui traspariva incertezza, poi si mise a raccontare d'altro: la notte maldormita, il brutto sogno che aveva fatto dove si guardava allo specchio e le cadevano i denti.

Intanto faceva cenno con la mano di seguirla. Per di qua, ordinò.

Non salimmo il pendio sterrato che portava alla piazza. Attraversammo invece un sudicio tunnel di scolo che dalla spiaggia s'allungava verso la strada antica.

Enza al mio fianco si asciugava la fronte con un fazzoletto di stoffa, ogni tanto si voltava a guardarmi, con gli occhi mi chiedeva: dove siamo? Oppure si copriva il naso. In una smorfia di disgusto indicava il muro di rocce da cui scendeva acqua sporca. L'odore pungente di fogne, di metallo ossidato.

Affrettammo il passo fino alla strada, rinfrancate di rivedere il sole o qualcosa simile alla natura: cespugli incendiati e rinsecchiti, terriccio crepato dal caldo. Dal nulla sorgevano calcinacci disposti in mucchio e vetri di bottiglia smerigliati. Ai piedi avevamo ciabatte da mare. Bruna disse di prestare attenzione. Intanto parlava con Enza di quei ragazzi.

Non li conosceva, disse. Sapeva però di loro molte cose. Il più giovane, dalla pelle maculata, aveva quattordici anni come me. Gli altri erano invece quasi maggiorenni. Quando erano poco più che bambini, i padri di due di loro erano morti annegati al largo dello stesso mare in cui noi facevamo il bagno. Era stato un incidente di cui si era parlato per anni. Una terribile fatalità, aveva detto con la voce prosciugata. Quell'ultima espressione doveva averla copiata. In bocca sua risuonò come un furto.

Davvero non ne hai mai sentito parlare?

Enza scosse la testa. Anch'io scrollai le spalle ma nessuno mi guardava.

Degli orfani disse ancora che erano piccoli delinquenti. Che non avevano freni. Si sapeva di loro che rubavano. Che di notte scorrazzavano per il paese in cerca di guai.

Intanto avevamo imboccato un viottolo lastricato, in lontananza cominciavano a vedersi delle case. Palazzi verdolini, bianchi. È lì che andiamo, disse Bruna.

Ci fermammo poco dopo in un piazzale ricavato a ridosso del sentiero.

Un lato del selciato era occupato da un grosso abbeveratoio in pietra da cui scorreva senza sosta un rivolo d'acqua tremolante. Bruna si piegò come per bere, invece si bagnò la fronte. Da lì ci guardò come se le fossimo d'intralcio, lo stesso chiese il nostro aiuto.

Venite qui.

Indicò con la mano un cancello rugginoso e fatiscente, sormontato da un filo spinato. Il cancello era semiaperto. In alto, sulla destra, un'insegna mal lumeggiata dava il nome a un villaggio o a un plesso di case. Disse che dovevamo entrare lì dentro.

Sto per svenire, ammise Enza.

Il caldo cominciava a farsi sentire davvero. Era quasi mezzogiorno e il sole opprimeva la terra. Dove eravamo non sembrava esserci uno stralcio d'ombra. Bevemmo dall'abbeveratoio e ci bagnammo i capelli. Enza strizzò i suoi con le mani, infilò le dita tra le ciocche e strinse forte. Bruna la guardò con impazienza.

Adesso muoviamoci, disse. Il suo respiro si era fatto stentato.

Il caseggiato si affacciava a semicerchio su un cortile adattato a parcheggio. Vi entrammo come ladre, e come ladre ne uscimmo in fretta.

Fino alla fine avevo pensato che Bruna ci avesse ingannate.

Che ci avesse trascinate lì senza un motivo, solo per prendersi gioco di noi.

Invece presto capii che mi sbagliavo.

Già mentre varcavamo il cancello la sua faccia s'era fatta paonazza. Guardava da una parte e dall'altra con rapidi movimenti scattosi, intanto si frugava nella borsa. Appena ebbe trovato ciò che cercava avanzò spedita lasciandoci indietro, qualcosa aveva acceso il suo sguardo.

Forza, gridò da dov'era.

Quando si voltò a guardarci, una folata di vento mosse da un lato il suo vestito lungo. Il gonnone bianco si riempì d'aria, svelando il braccio che prima era nascosto.

Somigliava improvvisamente a una sposa.

Una sposa con un coltello in mano.

7.

Prestammo un'attenzione estrema ai suoi movimenti.

Mentre si rigirava il coltello tra le mani, passando oziosamente l'unghia del pollice sul dorso della lama, Bruna chiese di controllare che non ci fosse nessuno. Fui sollevata di non vedere anima viva.

I suoi pensieri restarono segreti. Vedemmo però che si guardava attorno, forse in cerca di qualcosa che risvegliasse la sua attenzione. Un particolare, un dettaglio. Alla fine fermò lo sguardo su un capanno di tela della grandezza di un casotto da giardino.

Disse: Eccole.

Il capanno si chiudeva su una schiera affollata di biciclette. Tutte, tra loro, simili: blu, con piccoli disegni fatti a mano e la scritta *noleggio* su un fianco. Tra quelle trovammo a fatica e con grossi dubbi le nostre. Non più rosse, di un rosso fiammante. Non più lucide, come le ricordavamo.

Le trovammo dipinte. Un tratto arronzato di colorc. Il telaio danneggiato, per sempre sfregiato da un'incisione profonda: un numero in successione agli altri. Trentaquattro, trentacinque.

Bastardi, disse Bruna. Enza ripeté le sue parole come se non ne avesse altre. Poi la domanda: Adesso che facciamo?

Le prendiamo, disse Bruna.

Allora controllò di nuovo: non c'erano guardiani. Dai balconi si affacciavano solo pezze e lenzuola. In fretta aiutò

Enza e me a sfilare le bici dalla mischia. Infine ne prese una terza. Una ricompensa per il suo sforzo, disse furba.

Prima di salire in sella lanciò un'ultima occhiata all'interno del capanno. Per un attimo sembrò fermarsi. Poi disse: Guardate qua.

Fu allora che vedemmo di nuovo la lama del coltello brillare al sole. Veloce, velocissima.

Nessuno le impedì di infilzare i sellini, le gomme delle biciclette rimaste. Colpì a casaccio. Nella furia il vestito le volava via dalle gambe. Lasciava scoperte le ginocchia, i muscoli tesi dei polpacci.

Ripensai alla bambina che giocava con Enza. Bionda e allegra. La bocca ridente, spaziosa. Di una felicità che si scorge solo in foto o in faccia agli estranei.

Cos'era rimasto di lei?

Intanto, tutto intorno s'era alzato un tramestio molesto. Non potevamo restare a lungo. Bruna si fermò di colpo. Sollevò la testa. Con una punta di soddisfazione guardò ciò che aveva fatto: la pelle divelta dei sellini, i telai scrostati, le gomme sventrate.

Per poco non rise. Certamente sembrò divertita.

Muovendosi come un insetto, tese la mano verso la bici che aveva scelto di prendere. La sola, insieme alle nostre, rimasta illesa ai suoi colpi.

Andiamo, disse.

Capimmo che dovevamo fare in fretta.

Oltrepassammo di nuovo il cancello sulle biciclette rubate. Fummo incaute. Rumorose. Bruna fischiettava qualcosa. Un motivetto cantilenante, forse una canzone di chiesa.

Voleva, fino alla fine, impuntarci negli occhi la sua idea di coraggio. Voleva che fossimo timorose. Che temessimo soprattutto di essere scoperte.

Indugiò infatti nella piazzetta dell'abbeveratoio. Controllò il sentiero. Quando vide che arrivava qualcuno si fermò a bere. Lo fece di proposito.

A quel punto era chiaro: voleva che la sua prodezza avesse testimoni. La paura non la disturbava. Anzi, accendeva in lei un fuoco.

Vedemmo in lontananza sul sentiero la ragazza che avevamo già visto in spiaggia. Riconobbi la faccia butterata, il figlio che teneva in braccio. Erano soli, lei e il neonato. Venivano dalla nostra parte.

Le braccia della madre, scure e sottili, fasciavano la creatura fino a nasconderla. Sopportavano il peso, il sole rovente. Sembravano educate al sacrificio.

Enza cominciò a esasperarsi.

Diceva: Forza, andiamo, fa caldo. Ma Bruna non la guardava.

Contemplava invece la piccola madre. L'andatura obliqua e distratta. Il corpo da bambina.

Andiamo, ripeté Enza con un'aria di finta compassione.

Questa volta Bruna non se lo fece ripetere. Fischiettò ancora qualcosa, poi spinse i piedi sui pedali. Quando eravamo già partite, lanciò un grido verso la ragazza.

Quella alzò la testa da terra, ci guardò senza timore. Poi gridò a sua volta. Un richiamo forzato, cui si accodò presto un pianto stridente di neonato.

Svelte, ordinò Bruna. Intanto accelerava.

La velocità le gonfiava le guance, il vestito. Ogni cattiveria era tenuta a bada da una geometria fatale che ordinava ogni cosa. C'era qualcosa di inevitabile in quella corsa. Qualcosa che tuttavia pareva sfuggire.

Nella discesa che portava alla strada vecchia le gambe si allungarono oltre i pedali. Scivolammo d'inerzia verso la vecchia contrada, e da lì raggiungemmo il lungomare.

Bruna avanti, Enza e io subito dietro, adesso colte da uno strano fervore.

Bruna volle subito rassicurarci. Si voltò indietro, sorrise.

Quando lo verranno a sapere sarà troppo tardi, gridò.

Vorrei sperare, vociò Enza sforzandosi di raggiungerla.

Appena furono vicine, iniziarono a ridere. Una risata isterica, liberatoria. Forse anche crudele.

Mi gettai in avanti con forza, non volevo rimanere indietro. Lo stesso non mi riuscì di allinearmi alla loro corsa. Mi accontentai di sorvegliarle da dove ero.

Proprio quella notte me le ero immaginate a ridere insieme mentre le osservavo a distanza. Prima di addormentarci Enza aveva annunciato allegrissima: Domani usciamo con Bruna. Allora avevo guardato al suo entusiasmo con malevolenza. Mi ero affrettata a minimizzare l'evento. Quella ragazza è sempre stata strana, avevo detto.

Adesso oscillavo tra il desiderio di andarmene e il timore di perderle di vista. Prevalse il timore. Pedalai più forte.

Loro ancora ridevano. Per non sentirmi da meno risi anch'io. Risi come a volte rideva mia madre, a singhiozzi, con la bocca storta e irregolare e la voce che somigliava a un lamento.

Seppi subito che il loro divertimento era diverso dal mio.

Il senso di violazione, di disobbedienza, le aveva riempite di entusiasmo. Il calore di cui erano capaci si era tramutato in smania. Adesso si sfidavano. Giocavano a inseguirsi. Gridavano. L'eco delle loro voci si perdeva nell'aria. L'euforia assorbiva anche la fatica dei muscoli. Irradiava su ogni cosa un riflesso gioioso.

Persino i luoghi parevano rinvigoriti. Raccoglievano una luce insolita. Le agavi che orlavano la via erano lame sguainate. Così la natura attorno, tutta avvinghiata alle piccole case a dorso di strada, risplendeva di guizzi dorati. Ogni cosa emanava un'energia inattesa.

Nell'unico tratto di lastricato, le ruote si fecero instabili.

Il tremore dei manubri rinserrati fra le dita portò un nuovo divertimento.

Le risate si sformarono in un suono metallico.

Una balbuzie epilettica.

A quel punto non seppi resistere. Scoppiai a ridere. Allora – solo allora – mi parve che ne fosse valsa la pena.

L'allegria aveva preso il sopravvento.

8.

L'idea di lasciare le biciclette nel seminterrato era venuta a Bruna. Conosceva quel posto. Era lì che da bambine si nascondevano alle madri che le cercavano afflitte.

Poiché ormai mi sentivo coinvolta mi offrii di andare a recuperare le chiavi. Ero felice di rendermi utile.

In casa trovai Angela. Salutò in modo svagato continuando a darmi le spalle, stava leggendo una rivista. In un altro momento avrei sospirato a vederla distratta così, ma adesso era ciò che mi serviva. Non doveva accorgersi di nulla.

Il pranzo è pronto, disse senza alzare gli occhi dal tavolo. C'era un che di canzonatorio nella sua voce. Pensai che volesse rimproverarmi per aver fatto tardi.

Arriviamo, mormorai.

Le ragazze mi aspettavano in strada. Quando sventolai le chiavi per aria, Bruna sorrise. Disse che ero stata brava. Subito mi sentii colorare il viso.

Era una novità, quel desiderio improvviso di sentirmi importante, di vedere al mio arrivo occhi freschi d'eccitazione. Avrei voluto avvicinarmi a Bruna, sfiorarle le spalle, conquistarmi a quel modo la sua simpatia. Invece consegnai le chiavi a Enza che mi guardò con la faccia legnosa.

Forza, disse spazientita.

Con i manubri per mano scendemmo la piccola rampa che portava allo scantinato. Entrammo nervosamente, gettando rapide occhiate alle nostre spalle.

Faceva molto caldo. Un sedimento acetoso turbava l'aria.

Forza, forza, continuava a dire Enza. Intanto sembrava divertirsi di meno. Guardava con insistenza il piccolo orologio da polso. La voce si era fatta fredda. Anche Bruna adesso appariva esasperata. Mi domandai se durante la mia assenza fosse accaduto qualcosa. Se avessero discusso delle conseguenze, se fosse subentrata la paura.

Mi affannai per renderle entrambe felici. Sollevai da sola un vecchio materasso ricoperto di muffa e lo addossai alla parete. Raccolsi da terra alcuni attrezzi arrugginiti e dei vecchi barattoli. Presi uno a uno i piccoli chiodi sparsi per terra. In poco tempo ricavai un angolo vuoto della misura giusta per le biciclette. Quando ebbi finito sfregai con forza le mani tra loro. Sommai polvere alla polvere. Fu come cancellare il tempo.

Ecco fatto, dissi con la voce graffiata dalla tosse. Poiché l'atmosfera non sembrava rianimarsi, raccontai di quella volta che in quel seminterrato avevo colpito Enza e il sangue le era uscito a fiotti dal naso. Eravamo bambine, dissi.

Mi aspettavo che almeno Bruna ridesse, invece mi guardò come se fossi stata inopportuna. Mi pentii subito: era una storia sciocca, non sapevo perché l'avessi tirata fuori proprio in quel momento.

Ora devo andare, disse Bruna. Ci vediamo domani.

Adesso dobbiamo solo aspettare, aveva aggiunto.

A casa mangiammo di fretta un'insalata. Enza continuava a dire di non avere fame. Quando ebbe finito si chiuse in camera e non ne uscì fino a sera. Angela fece lo stesso. Salutò con insofferenza, disse: Vado a sdraiarmi.

Quel pomeriggio telefonai a mia madre. Avrei voluto dirle molte cose, non ne dissi nessuna. Lei mi chiese di Angela, di Enza. Si lamentò di mio fratello: Non chiama mai. Dice che ha esami da fare e che studia. In estate. Tu ci credi? Raccontò poi della festa di addio di una collega al lavoro. Era entrata finalmente nel vestito a fiori che le stava stretto, disse contenta, e riattaccò con affetto.

Da sola, cominciai a vagare per casa. Occupai il tempo rovistando nei mobiletti del bagno. Trovai, tra le altre cose, le vecchie ciabatte di spugna di mia nonna, il suo accappatoio. I tempi andati riaffiorarono come guizzi improvvisi.

Conoscevo bene quella casa. Con Enza, da bambine, ne avevamo setacciato gli angoli, i cassetti, gli armadi. Sapevamo dov'è che gli adulti nascondevano i soldi e dove si trovavano certe foto in cui le nostre madri abbracciavano giovani maschi che non erano i nostri padri.

Sapevamo dove si trovavano i quaderni che erano stati i loro diari. Avevamo letto con velata resistenza del giovane di Reggio Calabria – il calabrese, lo chiamavano – che alla sera s'arrampicava su per la stanza di Angela e si spogliava dei calzoni.

Di lui restava, tra le pagine, un mozzicone di sigaretta schiacciato con un segno ombrato sul bordo.

Quando avevamo nove e undici anni ci bastava tenere il mozzicone tra i denti per rivivere tutta la storia.

Enza mi prendeva da parte e con le mani esaminava i fianchi smilzi, la schiena.

È così che ti toccano i maschi, diceva.

Intanto allargava le dita e inventava carezze veloci. Nel gioco si muoveva con cautela: stava attenta a non toccarmi il petto.

Quando m'alzava la canottiera si fermava sullo sterno e prendeva a contarmi le costole da lì in giù. Ogni volta che le mani guadagnavano centimetri mi illudevo che il calabrese fosse lì, e in segreto speravo che Enza si scordasse che ero una femmina e continuasse a esplorarmi il corpo.

Con la faccia stretta e muta, senza pudore, sognavo che le dita inesperte di Enza arrivassero lì dove la pelle s'imbruniva, che cerchiassero le macchie scure sul seno inesistente.

Continua, le avrei detto. Continua. Non sono io, non siamo noi. Sono Angela e il calabrese a toccarsi. Invece rimanevo muta, stringevo gli occhi e le labbra, aspettavo che Enza dicesse che il gioco era finito, che potevamo tornare a fare altro.

Quando si fermava lo faceva in modo brusco, come se tutto a un tratto la cosa smettesse di incuriosirla. Poteva anche succedere che se ne andasse in un'altra stanza o che chiamasse sua madre per uscire lasciandomi lì senza una spiegazione. Altrimenti riapriva il diario e continuava a leggere da dove aveva interrotto.

Poiché era la più grande delle due vedevo di darle ascolto. Le sue maniere ruvide non mi incollerivano.

Già a quell'età Enza aveva gli occhi fissi al mondo degli adulti. Ne imitava l'austerità, l'aspetto serioso. Quando mi rimproverava lo faceva al modo delle madri, premendo la voce sulle consonanti cosicché il suono battesse e picchiasse meglio delle mani. Per il resto si annoiava in fretta e niente sembrava divertirla davvero.

L'abitudine di accarezzarci si dissolse in fretta. Col tempo sopraggiunse la vergogna e smettemmo persino di parlarne. I mesi freddi, in cui ci vedevamo a stento, e più tardi anche le estati, ci sollevarono dall'imbarazzo.

Arrivammo a essere adolescenti con l'illusione reciproca di aver dimenticato tutto.

9.

Il pomeriggio dopo vennero a chiederci delle bici. Dalla spiaggia arrivarono in sei: i cinque che avevamo già visto più un altro, largo di spalle e corpulento. Camminavano in fila, col passo sgraziato. Ai piedi avevano ciabatte da mare ciancicanti. Le gambe erano nude, sporche di sabbia. I costumi maltrattati parevano mutande.

Bruna li vide per prima, sorrise smaliziata. I canini le sporgevano dalle gengive.

Ci sarà da ridere, disse.

Quando notò l'esitazione nel volto di Enza, le afferrò un braccio, poi si rivolse anche a me: Ci penso io.

Intanto domava i capelli e ordinava alla schiena una postura meno dimessa. Per tutto il giorno mi ero persuasa di scorgere in lei un timore, un sospetto. Invece la sorpresi con lo sguardo vivo, sfrontato. La sua faccia pareva mangiata dalla febbre.

Che volete? disse quasi senza scomporsi appena i ragazzi furono vicini.

Sei una disgraziata. A parlare fu lo stesso che il giorno prima in spiaggia portava il cappello, colui che avevo individuato come il padre del bambino. Tra tutti, l'unico che pareva già un uomo fatto.

Sei tu il disgraziato.

Ripetilo se hai il coraggio, disse quello in tono minaccioso.

Sei tu il disgraziato, urlò lei come punta improvvisamente

da un guizzo di elettricità. La voce si piegò appena. Temetti che stesse per scoppiare a ridere. Ci guardò, qualcosa la trattenne, ma lo sguardo rimase fiero e canzonatorio.

Il ragazzo raddrizzò il busto, volle metterle paura. Subito prese a insultarla muovendo in aria le dita, le unghie rosicchiate. Disse: Maledetta, hai sfasciato tutto, ora la paghi. Gli altri si affrettarono a spalleggiarlo. Ha ragione Mirco, disse quello con gli occhiali. Bravo, bravo, disse l'unico che non avevamo mai visto. Si erano fatti rossi in faccia. I muscoli delle braccia e delle gambe scalpitavano. Come le bestie, mostravano i denti.

Un gruppo di donne poco distanti pareva sorvegliarci fiaccamente. Nessuna di loro si alzò per dire qualcosa. Si limitarono a richiamare i bambini che intanto giocavano sulla battigia. Lo stesso fece una coppia di signori anziani; finsero di non notarci, girarono la testa, indicarono il mare.

Noi ragazze ci scambiammo colpetti coi gomiti restando sedute, attente. Quando le urla si fecero energiche, Enza si gettò con tutto il peso sulle ginocchia e lo stesso feci anch'io. Sembravamo pronte a scappare. Aspettavamo solo un cenno di Bruna per scattare in piedi e andarcene. Lei però non demordeva: esagerò più dei maschi. Parlò senza misura, con parole che suonarono scandalose. Quando ebbe finito chiuse un istante gli occhi, spinse i capelli dietro le orecchie, sembrò vagamente rasserenata.

Seguì un breve scambio di battute cui assistemmo senza fiatare.

Ognuno di loro si affannò per dare la sua versione dei fatti. Bruna disse al ragazzo che meritava una lezione. Lo accusò di essere un ladro e un delinquente, lo derise.

Chi ti credi di essere, disse.

A ogni accusa il ragazzo negò con forza. Non ho fatto niente, ripeteva. Chissà chi le ha prese le vostre bici, disse parlando per la prima volta anche a noi.

La fronte parve restringersi. Arrivò ad accusarla di essersi inventata tutto.

Sei tu la ladra, azzardò. Ti intrufoli in casa nostra, fai a pezzi mesi di guadagni. Per cosa? le chiese.

Avremmo scoperto in seguito che lui e quei ragazzi avevano da poco avviato un servizio arronzato di noleggio. Affittavano biciclette e motorini a ore. Pezzi perlopiù rubati o levati di mano a chi doveva loro un favore. Solo l'anno prima perdevano ancora il sonno appresso a uno sfasciacarrozze lì attorno o impiegavano settimane per raccogliere ventimila lire di ferro vecchio da fondere. Adesso invece potevano contare su un incasso che non esigeva fatica.

Sai quanti soldi ci devi? E a chi andiamo a chiederli?

Il ragazzo fece un gesto ampio per indicare il valore del danno. Guardò i suoi amici, guardò Enza e me. Avrebbe voluto, forse, che qualcuno si mettesse in mezzo anche questa volta a dire: Hai ragione tu. Invece nessuno parlò.

Allora accadde come in quei sogni brevi e turbolenti dove ogni cosa lascia il suo posto originario e si mescola al resto. Vedemmo il corpo del ragazzo balzare per aria e avventarsi su Bruna. Il petto uccellesco volò su di lei, la costrinse a terra. Le lunghe gambe, scure e sottili, le cerchiarono il busto. Con le mani le strinse il capo, poi il collo.

Bastarda, ringhiò. Bastarda.

Ci sembrò che volesse strozzarla.

Bruna emise un grido soffocato. Il disprezzo si concentrò nello sguardo.

Bastardo tu. La voce suonò come una preghiera, ma i suoi occhi erano occhi di lince, di belva.

10.

Per tutto il tempo del nostro primo incontro, avevo ripassato mentalmente la storia di quei ragazzi. Orfani incattiviti, delinquenti, assassini. Li avevo immaginati a vivere in case poverissime e mal tenute. Locali perlopiù abusivi, coi bucati appesi tra una finestra e l'altra e le travature di ferro in vista.

L'immaginario spicciolo che possedevo me li aveva mostrati avvolti dalla sofferenza. I corpi sudati, divorati dalla fatica, dalla fame. Avevo inventato attorno a loro madri forti di braccia, sbraitanti e inferocite come grossi felini. Famiglie numerose, di dodici o tredici figli, tutti accalcati in una stanza, oppure allineati come costole su letti minuscoli. Famiglie disoneste dove c'erano risse, sventure, bestemmie.

Erano fantasie vaghe, rubate forse al cinema, alla televisione, a certi racconti d'infanzia di mia madre sulla vita di paese. Immaginavo bande di giovani ladruncoli, cappucci e sciarpe per farsi innocenti, un grande appetito di mani e palme e nocche. Immaginavo questi ragazzi tornare a casa, mostrare i lividi ai fratelli minori come i maschi della mia età mostravano a scuola la prima rasatura da uomo. Con una punta d'orgoglio, dicendo: Guarda qua, è così che si sta al mondo.

Quando il ragazzo si era avventato su Bruna, gli avevo scoperto sul braccio un'orribile cicatrice da ustione. In quel punto la sua pelle si sformava, diventava lucida e crespa, cambiava colore. Mi ero domandata cosa avesse fatto per meritarsi un marchio del genere addosso. Avremmo poi saputo che era stato un incidente. Avremmo saputo molte cose di Mirco, quella sarebbe stata la prima: era sopravvissuto a un incendio. La bottega di calzoleria in cui lavorava la madre aveva preso fuoco e tutti erano corsi fuori dimenticandosi di lui. Per quella storia, qualcuno ancora lo chiamava *lo scampato*. Un giorno gli avrei sentito dire questa frase: Siamo tutti un po' scampati, no?

Io avrei riso.

La prima volta invece m'ero tappata la faccia con le mani per non guardare. Un istinto nascosto mi aveva costretta al suolo. Gli avevo sentito dire: Avanti, prendete 'ste bici, altrimenti finisce male.

O forse era stato un altro a parlare, non sapevo ancora distinguerli.

Finisce male, aveva detto la voce, e a me era sembrato di vederli: in cerchio, a torturare fino alla morte un povero animale. Lo sguardo divertito di chi assiste a una commedia. La rabbia, l'insolenza, l'urgenza di fare a pezzi. Briganti, cacciatori.

Avrebbero fatto lo stesso con noi?

Era ciò che mi chiedevo, che si chiedeva certamente anche Enza mentre diceva: Lasciala. Lasciala stare. E intanto mordicchiava frenetica l'unghia del mignolo.

Più tardi mi resi conto di aver peccato d'immaginazione.

Ma allora no. Allora pensai solo al peggio.

Mentre il sole finiva di tramontare, il vento scese all'improvviso.

Bruna rivolse al ragazzo un ultimo sguardo esasperato, strinse gli occhi, le palpebre si mossero a fatica. Per un attimo ci sembrò che stesse per mettersi a urlare. Invece no. Scosse forte la testa, disse che aveva le gambe rotte. Lo pregò di lasciare la presa. La voce ridotta a un suono smilzo.

Lui alzò su di lei uno sguardo innocente. Poi scivolò d'istinto al suo fianco.

Fu allora che lei esplose. Con occhi marci si voltò verso di lui, agitò le mani a casaccio fino a colpirlo. Sul torace, sulle spalle. Intanto diceva: Vattene, vattene via.

Ogni mossa pareva tormentata dalla stanchezza.

Lì per lì il ragazzo si confuse. Provò dapprima a schermirsi con le mani, poi torcendo la schiena. Alla fine si sforzò di raddrizzare il lungo corpo magro e sviò la sua rabbia afferrandole i polsi.

Calmati, le disse, ma in una cadenza nuova, più affabile.

Cominciarono a parlare fitto, sottovoce. Il tono d'improvviso affievolito come se fosse mutata anche la gravità delle cose.

Noi restammo a guardare la scena. Nel giro di poco avemmo tutti l'impressione di assistere a un litigio fra fidanzati e ci sentimmo, lì davanti, inutilmente presenti.

Specie Enza.

Vidi il modo in cui ora guardava Bruna, con gli occhi scuri e nervosi.

Capii che cominciava a fare brutti pensieri. Difatti in un attimo si tirò in piedi, iniziò a camminare indietro. Aveva la faccia stordita di chi è appena stato svegliato e ancora si domanda dove sia la realtà.

Sapevo come si sentiva: tradita, ingannata. Peggio: usata.

L'eventualità che la nostra bella avventura fosse stata architettata da principio per creare l'occasione di quell'incontro adesso era più viva che mai.

Più tardi ne avremmo avuto la conferma.

Già quella sera, il riflesso vivace del metallo era tornato a schizzare da ogni parte nell'antro buio dell'ingresso.

Le nostre biciclette erano di nuovo lì: in niente somiglianti alle altre nascoste nel seminterrato, ma invece rosse e intonse, come le avevamo lasciate. Come erano sempre state.

Desiderio

1.

Quella notte l'acqua cadde a secchi dal cielo. In casa soffiarono spifferi di odore salmastro, di pini, di mare mosso. Enza continuò a dare segni di irrequietezza anche nel sonno. Parlava, faceva versi, si girava senza sosta da una parte e dall'altra. Prima di addormentarsi mi aveva chiesto di lavarle i capelli. Si era messa a testa in giù sopra la vasca, le ginocchia piegate, i piedi nudi come un angelo. Dalla maglietta sporgevano le scapole evidenti, le vertebre alte. Sulla nuca riluceva una catenina d'oro intorcigliata da qualche filo castano. Fino a quel momento non avevamo scambiato che qualche parola di poco conto. Era stata per tutta la sera sfuggente, silenziosa. Invece mentre le massaggiavo la testa la sua voce si era fatta alta e pungente.

Quella è solo una bugiarda, aveva detto. Ci ha terrorizzate per nulla. Ha inventato tutte quelle storie. Come abbiamo fatto a crederle.

Con la mano aveva colpito il bordo della vasca mettendo il punto alla frase. Così aveva cominciato a sfogarsi. Parole lapidarie. Offese che aveva sentito in spiaggia e che adesso ripeteva con voce stridula. Aveva detto di Bruna che era una squilibrata, una pazza, che non sapeva far altro che cercare attenzioni. Neanche una volta l'aveva chiamata per nome.

Ora, mentre dormiva, la sua bocca sembrava piegarsi in nuovi insulti. Dalle labbra pareva affiorare un rumore di vetri scossi, di vento che s'accaniva contro le porte. Sentii che voleva piangere: lì, nascosta nel sonno, nella frescura delle lenzuola spiegazzate, sotto al tramestio della pioggia che vessava le imposte. Mi venne l'istinto di svegliarla ma mi trattenni.

Invece mi alzai in piedi, andai in bagno, mi sciacquai per bene le mani, la faccia. L'aria s'era fatta più fresca.

Ricordavo un solo temporale in quella casa, nell'agosto più umido di sempre. L'acqua aveva sbrecciato l'intonaco e la pioggia era scesa in più punti dai muri, dal tetto. In pochi giorni le pareti si erano rese pustolose e si era deciso di rifarle. A imbiancarle era stato chiamato un ragazzo polacco con gli occhi strabici. Ci aveva sorpreso l'insistenza che aveva usato contro le pareti; il modo in cui l'intonaco era caduto a pezzi dal soffitto rivestendo ogni cosa di un aspetto appassito.

Enza e io avevamo passato interi pomeriggi appiattite su un divanetto a sorvegliare i lavori. Quando era arrivato il turno della camera in cui dormivamo, ci eravamo chiuse a chiave perché i nostri muri non venissero toccati.

Eravamo bambine allegre, eppure già allora smaniavamo di nostalgia.

Enza si alzò prima dell'alba, quando ancora era buio, e si mise alla finestra guardando fuori senza interesse. La trovai con il naso schiacciato sul vetro, le spalle incurvate, il petto scavato come una conchiglia vuota.

Quando sentì che mi ero svegliata, mi diede un'occhiata di sbieco, poi con l'indice mi invitò a guardare fuori. Era una notte luminosa: ovunque tra la pioggia si insinuavano fiotti di luci intermittenti che provenivano da chissà dove. Non si vedevano le stelle, ma il cielo continuava ad accendersi di un lampeggio ostinato.

Ti ricordi quel temporale? disse.

Ci pensavo ieri sera.

Con un sorriso modesto mi ricordò di una foto che avevamo scattato quell'estate. Enza e io abbracciate, coi capelli spessi e accorciati sulla fronte, un rossetto acceso sulle labbra e la bocca stretta a cuore.

Erano anche i giorni in cui una gatta che si era votata a

noi aveva preso a seguirci ovunque. L'avevamo portata a casa e accudita. Avevamo scelto un nome: Ariel, come la Sirenetta, anche se aveva il pelo striato e consunto di una randagia comune. Prima di scappare per sempre aveva segnato le testiere dei nostri letti da parte a parte in un disegno che pareva unirsi. Enza aveva giurato di vederci dentro una palma abbattuta a terra. Ne avevamo riso a lungo.

Da lì passammo a confidarci. Le nostre vite di adesso erano organizzate attorno a pochi eventi, a poche persone. Mi raccontò di Daniele, un suo compagno di scuola, del modo in cui l'aveva convinta a spogliarsi nel buio di un garage e di un lungo pomeriggio in cui erano rimasti vicini e nudi su un tappeto a motivo orientale che odorava di acquavite. Imitò con le mani il loro gioco di abbracci e sbatté fortemente le palpebre facendo ondeggiare le ciglia lunghissime. Disse che le mancava la sua maniera sguaiata e un po' volgare di scherzare. La muscolatura decisa, da uomo. Esagerò nei toni e nel racconto finché un vago rossore le accese il volto. Capii che voleva dire dell'altro, invece si mise a sedere con un colpo di reni e fece il gesto di stringersi le spalle.

Mentre una parte della notte si rischiarava, raccontò dei suoi amici, gran bevitori di birra. Elencò i loro nomi con facilità contandoli su due mani. Pensò con gelosia alla distanza che li separava adesso. Insieme progettavano un viaggio in Germania.

Infine chiese di me. I suoi occhi si riempirono all'istante di curiosità adulte.

Voleva che le svelassi le volte che mi ero creduta audace. Che le raccontassi di questo o di quell'altro amore che avevo avuto e poi perso per sempre. Oppure che le parlassi dei miei amici, delle sere di scorribande selvagge, di sigarette e vino in cartone.

All'inizio fui tentata di inventarmi tutto. Dissi che c'era qualcuno, rimasi intenzionalmente vaga. Le lasciai intendere che avessi una storia senza scendere nei dettagli. Nella realtà non ne avevo nessuna. La mia vita era normalissima, priva di slanci, e quella con i maschi rimaneva una tensione insoluta. Avevo due amiche, Rosalba e Luisa. Parlavamo con foga di libri che avevamo letto, andavamo al cinema e ai concerti, non dividevamo segreti.

Enza ascoltò in silenzio, non fece domande. Capii che il suo interesse per me si era dissolto in fretta. Quando provai a sviare il discorso si era già alzata. Disse che le era venuta fame.

Non tornammo mai più a parlare di me.

2.

A colazione Angela aveva la mano ferita. Rivelò di essersi tagliata mentre un attimo prima affettava del pane. Enza le andò vicino, le afferrò il polso.

Fa' vedere, disse. Esaminò il taglio con disappunto, poi allentò la presa senza interesse.

Non è niente, metti un cerotto. Angela emise un sospiro, poi la attaccò: Sei una viziata, viziata da tuo padre, pensi solo a te, ti sei montata la testa.

Intanto tamponava il sangue con del cotone. Capii che voleva attrarre la sua tenerezza.

Enza non si allarmò. Piuttosto la incolpò di aver intasato la vasca con i suoi capelli. Con la bocca mimò l'espressione di schifo di quando aveva pescato un grumo scuro e lanuginoso dal buco di scarico.

Angela afferrò il mio sguardo, chiese scusa. Poi mise via l'alcol, buttò il cotone imbrattato di sangue. Infine si accostò alla mensola che fiancheggiava la cucina e telefonò a mia madre.

Con le labbra che sbattevano orribilmente tra loro, si mise a raccontare ciò che sapeva della storia delle biciclette: erano svanite e poi riapparse come in un trucco magico.

Alla sorella domandava: Come può essere? Devono essere stati gli zingari, oppure gente di fuori. Qui in paese ci conoscono, hanno rispetto della roba nostra.

Subito il discorso tracimò. In poche frasi radunò tutta la

giovinezza perduta e il dolore che ancora le recava quel posto. Il lungomare le era parso più brutto: il muretto era nero e sbrecciato, come dato alle fiamme. La ruvidezza grattava le gambe.

Neanche i marciapiedi si erano conservati: i basoli erano sbeccati e imprecisi, fatti per inciampare.

Quando riattaccò sospettai che stesse per piangere, difatti si allontanò con una scusa e si chiuse in bagno. Ne uscì con gli occhi truccati e una crocchia di capelli avvoltolati alla base della nuca.

Disse di non aspettarla per pranzo.

Un'ora più tardi dividevo con Enza una brioche e un'acqua minerale al bancone del bar della piazza centrale.

Lì incontrammo uno dei ragazzi, il più giovane di loro. Venne verso di noi in una camminata goffa, sformata. Trattenne il palmo aperto in alto, accanto alla faccia chiazzata di macchie scure. Aspettò di essere ricambiato.

Cercai lo sguardo di Enza, vidi che salutava per cortesia. Salutai anch'io appiattendo le labbra in un mezzo sorriso. Subito girai la testa, ma poi tornai a guardare. Vidi che non se ne andava.

Non so ancora i vostri nomi, disse. La bocca era ombrata da un accenno di barba nascente. Enza rispose pigramente, rivelò il suo nome e il mio, poi si rivolse a me in un tono più alto: Andiamo, Annina.

Tonino – il nome lo apprendemmo più tardi – si parò davanti a entrambe e insistette per comprarci un gelato.

Alla frutta vi piace? chiese.

Grazie, ma stiamo andando via.

È solo un gelato.

Grazie, davvero, dobbiamo andare.

Quando provammo a defilarci incalzò il passo per raggiungerci, tra le mani stringeva già le due coppette.

Ci sedemmo ai bordi della piazza tenendo lo sguardo sul mare.

Tonino mostrò in un sorriso i suoi gran denti. Chiese se fossimo sorelle, ravvisava una somiglianza nel taglio degli occhi e nel colore dei capelli. Poi disse di me che avevo un profilo da straniera. Spagnola, messicana, provò a inventare.

La voce era tutt'a un tratto scesa di tono. Ci sembrò lamentosa, da bambino. Quasi volesse corteggiarci ostentando una tenerezza fasulla. Con la stessa inflessione rivolse a entrambe altri complimenti scherzosi, girandosi di tanto in tanto verso la piazza, forse per tirarsi via dall'imbarazzo.

Enza era tesa, irritata. Per tutto il tempo in cui Tonino rimase con noi continuò a lanciarmi grandi occhiate di avvertimento. Ogni volta che aprì bocca non riuscì a trattenere quell'aria di scherno arrogante. Perdipiù sospirava visibilmente.

Perciò quando vidi che il ragazzo non la smetteva di chiacchierare fui tentata di dire: Grazie, ma adesso andiamo.

Ci provai una sola volta, lui mancò di perspicacia. Continuò a parlare del giorno che ci aveva viste in spiaggia con Bruna. Per quel pomeriggio si scusò più volte anche a nome dei suoi amici.

Disse: Ogni tanto facciamo stupidate ma siamo bravi ragazzi.

Raccontò di essere stato l'ultimo a unirsi al gruppo. Quando la sua famiglia si era riempita di debiti erano stati i suoi amici a tirarlo fuori dai guai. In poco tempo avevano racimolato un bel gruzzolo da dargli in cambio di pochi favori. Dissero di lui che era un tipo svelto, che poteva fare un gran numero di cose per loro.

Aveva, ad esempio, un vero talento per le effrazioni. Sapeva come forzare la portiera di un'auto senza dare nell'occhio, quali fili allacciare per farla partire.

Questo non lo disse quel giorno né mai. Lo avremmo scoperto coi nostri occhi, settimane più tardi. Ma a quel punto la confidenza avrebbe reso docili i timori, il sospetto.

Vederlo sferruzzare con i fili elettrici non ci avrebbe turbato un granché. Suona curioso ma avremmo riso. Così tanto e così a lungo da sentirci infine frivole, sceme.

Quel pomeriggio invece non ci riuscì di essere simpatiche. Assistemmo al suo monologo con l'aria abbottonata, provando più volte a sottrarci.

Lui si sforzò ogni volta di richiamare la nostra attenzione.

Diceva continuamente: Caldo, eh?

Dal nulla arrivò a parlare di come s'era trasformato il paese negli anni.

Ci illustrò i ricordi che ancora conservava della vecchia strada, del marciapiede fiancheggiato da palme e cactus. Ricordò i tempi in cui la spiaggia era lunghissima e ricoperta di massi. Da lì passò a spiegarci com'è che il mare s'era mangiato la riva.

Con i gomiti alzati e le braccia aperte disegnò la geografia della costa. Mimò i movimenti del litorale, il modo in cui le onde avevano succhiato via la terra. Indicò in lontananza il punto in cui la baia cominciava a sparire dalla nostra vista.

Una parte è scomparsa in un inverno, disse. Da non credere, eh?

Mi accorsi mentre parlava che già non mi importava più di ascoltarlo.

Mi ricordai di una passeggiata. Enza e io bambine in una sera di luce azzurra, le nostre madri a fianco, mio fratello, già adolescente e improvvisamente alto, poco distante da noi. Camminavamo su quel tratto di spiaggia che poi era sparito. A piedi scalzi affondavamo con diffidenza nella frescura sabbiosa provando a indovinare dov'era più saggio camminare.

In lontananza, una voce orientale di donna aveva intonato con passione *Cuccuruccuccù*. Era nato un concerto improvvisato sulla spiaggia. Angela aveva cantato con la sua voce più scura. Mia madre l'aveva seguita. Enza mi aveva presa sotto le ascelle e fatta girare in tondo. Mio fratello si copriva gli occhi dalla vergogna. *Il mondo è grigio, il mondo è blu.*

Non c'era, in noi, neanche il sottile sospetto che la terra potesse andarsene così.

3.

Bruna aveva atteso il nostro ritorno davanti al cancello. La fronte ardita schiacciata sull'inferriata, i capelli riempiti di vento e levati in aria come tentacoli. Indossava un caffettano dai colori accesi e una lunga collana di fili intrecciati.

Che facevate con Tonino? aveva chiesto.

Enza aveva risposto con un filo di malumore.

Aveva detto ferma: Niente, ci ha comprato un gelato.

Poi si era voltata a guardarmi. Le guance erano tese e sul punto di gonfiarsi.

Bruna aveva riso. Un risolino stiracchiato, a fior di labbra.

Che ridi? domandò Enza.

Bruna mise subito le mani avanti. Disse: Perdonatemi.

Un attimo dopo camminavamo in fila indiana nel corridoio stretto e lungo di casa sua. Superavamo la cucina, il soggiorno, la stanza di sua madre, un bagno. Infine la sua camera che odorava di gesso e spirito e lacca per legno.

La prima volta che la vidi mi sembrò un luogo avvelenato, in nulla simile alle stanze a cui eravamo abituate. Stretta, con un materasso alto e screpolato poggiato per terra, una coperta patchwork, un comò di legno scuro, molti libri, una fila di audiocassette sulle quali era scritto il suo nome abbreviato e una data. Su una parete, stampe di donne dai volti antichi: Etta James, Billie Holiday, Ella Fitzgerald. Più defilato, un poster di Madonna ritagliato da un giornale.

La passione per la musica gliel'aveva trasmessa il padre, fu la prima cosa che disse.

Mela invece le aveva passato il timore e il riguardo per le cose invisibili. Sul suo letto sfilava una linea ordinata di santini di carta lucida. Un Cristo in croce. Un foglio consumato dove aveva scritto a penna come si recita il rosario dei morti.

La sua scrittura la ricordo ancora: affilata e inesatta, piena di ripensamenti.

Poi, dappertutto, i suoi disegni. Uno era un abbozzo di un viso di ragazza, gli occhi smunti, molte lentiggini. Un altro era un paesaggio di mare, una barca minuscola che affonda. Molti erano ritratti.

Le sue facce sformate ci guardavano dalle pareti: il naso della larghezza della bocca, gli occhi vicini, la faccia stretta dominata dai capelli. Lo sguardo ostile, minaccioso. L'impressione è che volessero cacciarci.

Nella realtà accadde tutt'altro: Bruna fu gentile, accogliente. Preparò sotto i nostri occhi scettici un infuso bollente al timo. Dentro versò un goccio di liquore trafugato nella dispensa. Sua madre non lo avrebbe scoperto, disse.

Dovete berlo caldo, vi farà benissimo. Ne elencò le qualità: un solo sorso rinfrescava più del ghiaccio e delle bibite da frigo. Fidatevi, aveva detto.

Poi tagliò a spicchi una pesca. Masticò la sua parte svelando i canini sporgenti.

Questa invece vi lascia la bocca buona.

Della questione delle biciclette si discusse poco e niente. Bruna disse che era servita a risolvere vecchie tensioni. Presto cambiò argomento. Tenne solo a precisare, quando Enza glielo chiese, che lei e quel ragazzo non erano una coppia. Quasi le leggemmo un filo di disprezzo negli occhi quando aggiunse che mai e poi mai avrebbe potuto interessarle uno così.

A quel punto Enza sembrò abbandonare le ultime resistenze, bevve l'infuso, mangiò la pesca, smise di lanciarmi grandi occhiate traverse. Disse cordialmente che ricordava quella casa. Si guardò attorno placida. Ispezionò i muri. Tutte e due sembravano contente.

Bevi, bevi, dissero insieme provando a coinvolgermi.

Non mi tirai indietro. Bevvi un grande sorso. Sentii il liquore solleticarmi la gola e mi venne da tossire. Respinsi le lacrime, cominciai a sudare. Poco dopo dissi incredula: È vero, adesso sento quasi fresco.

Enza confermò la mia impressione: Incredibile, pure io.

Bruna annuì, sollevò gli occhi sui nostri bicchieri smaliziata. L'avevo detto, disse.

Aggiunse che a guardarci le veniva da ricordare una vita anteriore. Intorno rivedeva le fiabe amatissime dei tempi andati, i pomeriggi trascorsi a rintracciare nel mare il minimo riflesso violaceo. Poi il nascondiglio preferito: una grotticella sulla battigia. Lì dentro erano entrate per una fessura larga pochi centimetri, spostandosi sugli avambracci come soldati.

Potevamo pure morirci là sotto, disse Enza ridendo della loro incoscienza.

Chissà se non l'abbiamo fatto, rispose Bruna.

Calmata quella prima esaltazione, i toni persero d'intensità.

Bruna accese una dopo l'altra diverse sigarette. Pure mentre fumava la sua faccia riluceva di un candore angelico. Tra un tiro e l'altro raccontò di quella volta che da bambina era rimasta a letto per sessanta giorni. La malattia le aveva reso le braccia e le gambe inservibili. Il corpo s'era come svuotato, i dottori faticavano a trovarle le vene.

Sua madre le portava a letto tè alle erbe e bevande liquorose. Le diceva: Coraggio, bevi, passerà. Nell'atto di ricordare, Bruna storse le labbra e inarcò la schiena come un gatto. Quella storia ancora adesso le muoveva il vomito.

Una sera, presa dall'esasperazione, Mela si era stirata il viso con le mani e l'aveva portata in chiesa. Sul principio della navata centrale, di fronte alla pozza opaca dell'acquasantiera, s'era fatta veloce il segno della croce, poi le aveva detto: Bevi. Coraggio, bevi. Se non passa adesso non passa più.

Bruna aveva bevuto. Il giorno dopo era già in piedi, saltava come una cavalletta.

Enza apparve allegramente infiammata dal racconto. Fece molte domande. In tutte svelò una punta di ironia.

Secondo te è stata davvero l'acqua benedetta a guarirti?

È stato l'amore, aveva risposto Bruna. Poi subito, forse correggendosi: In fondo chi può dirlo?

Infatti, chi può dirlo, aveva continuato Enza.

Il disprezzo per i fatti religiosi l'aveva maturato nelle scuole cattoliche che aveva frequentato da bambina. Per rimproverarle una frase di troppo, due monache l'avevano fatta inginocchiare davanti a una statua di sant'Orsola. Non perdeva l'occasione di raccontarlo.

Rivelò l'aneddoto a Bruna gonfiandolo di dettagli fantasiosi. Disse che le suore l'avevano spinta in ginocchio su un pugno di ceci, i solchi sulle gambe erano rimasti per settimane. Per tutto quel tempo non avevano smesso di prudere e fare sangue.

Capii che voleva sfidarla. Così faceva con Angela: provava sempre a cavarle l'errore di bocca. Anche in tempi di pace, tornava ostile su temi come l'aborto, la violenza, il male, la colpa. Ogni volta sperava di vederla capitolare sotto al peso delle sue domande.

Che nome aveva questa malattia da cui sei guarita per miracolo? chiese Enza.

Bruna disse che era troppo piccola per averlo mai saputo, e poi neanche i dottori riuscivano a mettersi d'accordo sulla diagnosi. Provò a cambiare discorso ma ancora Enza la incalzava. Tra una domanda e l'altra tornò alla storia dell'uccella. Pure di quella volle sapere di più.

Come si chiamava la cornacchia? chiese.

Ora che Bruna esitava e infine cacciò fuori un nome ridicolo, da gatta, Enza non le toglieva gli occhi di dosso. Infine disse: Non credo a questa roba. Il tono era definitivo.

Bruna scosse la testa, le rivolse uno sguardo arrendevole. Sono fatti tuoi, rispose.

Quella sera, Enza e io commentammo l'incontro curve sul letto, con gli occhi affondati nella stanchezza, e forse nell'imbarazzo. Ci interrogammo a lungo sui nostri pensieri, mimando sorrisetti complici. Lodammo il carattere vibrante di Bruna, il tormento che le sentivamo in corpo, l'indole spigliata per certe fantasticherie della mente, eppure ci affannammo per parlarne male. Enza disse che non sopportava troppo i suoi modi che giudicò rozzi e provinciali. Le rimproverò il dialetto che s'infilava ogni tanto nelle frasi e la mancanza assoluta di riserbo. Rievocò nei gesti il momento in cui quel pomeriggio Bruna si era presa una scheggia sul palmo e aveva iniziato a succhiarsi la mano tra una parola e l'altra. Nell'imitarla esagerò nei suoni. Finse un risucchio che ci fece ridere moltissimo e la recita si fece via via più cattiva: arrivarono smorfie e sberleffi, insulti scherzosi. Ci sforzammo di inventare e l'invenzione ci gonfiò d'orgoglio. Finimmo per valutarne malamente l'intelligenza e persino la bellezza, e visto che su quella non c'era da discutere, agguantammo particolari inesistenti: il dente accavallato, il taglio inselvatichito dei capelli, l'occhio guercio. Anche l'abbigliamento era sbagliato: largo e vagamente gitano, con una fusciacca lucente in vita. Enza disse che non avrebbe indossato una cosa del genere neanche se l'avessero costretta a suon di sberle. Ancora rise. E ancora aspettò che ridessi anch'io. Poi, come punta dal sospetto, mi guardò seria.

Chiese: Non ho ragione?

Dissi di sì. Ressi il suo divertimento con la mia risata festosa, la spalleggiai in cattiveria. Dissi cose che neanche pensavo per far breccia in lei. Nel culmine dell'allegria arrivai a stendere la mano verso una penna e un blocchetto di carta vicini e a imbastire in pochi ghirigori un ritratto abbozzato di Bruna.

Cos'è quest'obbrobrio? fu il commento di Enza.

Di colpo aveva smesso di ridere e mi guardava scontenta.

Con la voce carica di violenza disse che ero stata crudele. Non ti riconosco, aggiunse, e intanto si accertò con la mano che la ascoltassi. Mi strinse il polso: È già tanto che Bruna sia così, in questo paese, il padre morto, la madre conciata come una strega.

Mi vergognai all'istante.

Stavamo solo scherzando, dissi sentendomi morire.

4.

Ci svegliammo prestissimo. Enza mi chiamò verso di lei agitando in aria le dita.

Vieni, disse, in un tono capriccioso eppure pieno di garbo.

Abbracciami, ordinò, e io affondai la testa tra i suoi capelli, sentii l'odore del suo sonno. Le parole della sera prima galleggiarono ancora un poco tra di noi, poi sparirono insieme a ogni ostilità. Per l'intera mattina mi si rivolse allegra, sorridente. In spiaggia mi lisciò a lungo i capelli in una carezza infinita, insieme commentammo i bagnanti: la ragazza con la pelle bruciata dal sole, la madre col cappello ornato di nastri, il vecchio con la faccia vitiliginosa e il giornale tra le mani. Poi il cielo: i nuvoloni strattonati dal vento come cavalli aizzati alla corsa.

Angela alle nostre spalle contava fiaccamente le ore di riposo: quattro o cinque, le sentiva affossate nel solco violetto degli occhi, e lì premeva con le dita in cerca di sollievo. Intanto rivelava il suo affanno in grossi sbuffi rumorosi. Inforcava occhiali scuri, diceva che un sole così intenso non si vedeva da anni e che la sua pelle richiedeva dosi abbondanti di crema solare. Protezione cinquanta più: altrimenti la faccia si crepa e si macchia, e si fa presto a diventare vecchi.

Diceva anche: Il mare stanca, e con lo sguardo cercava la vicina d'ombrellone, qualcuno con cui ciarlare di cose vane: il caldo, il pranzo, il tempo.

A tutti raccontava le notti d'insonnia, l'imporsi di pastiglie:

compresse di Tavor, un paio a sera. Così motivava il desiderio di dormire bene: nei sogni aveva zigomi alti e una carne soda da fanciulla. Quei sogni la proteggevano. Le davano l'illusione di una felicità infantile. Nessuno le contestava mai nulla.

Davanti a certi racconti, il respiro di Enza diventava un rantolo rumoroso. Subito voltava la testa, soffiava via l'insofferenza.

Vado a fare il bagno, diceva, e si tuffava in fretta, quasi correndo.

In acqua mi cercava, inventava gare di resistenza, prove d'apnea. Mi chiedeva d'allacciarle il costume. Un nodo stretto, di più. Lo sguardo sempre lontano, oltre la fila di boe e di barche. Oppure occhi chiusi, palpebre schiacciate, strimin-zite. Tienimi la testa, Annina. E intanto alleggeriva il fisico che sbucava tutto sul dorso del mare: il petto inesistente nel recinto sottile di lycra, i capezzoli improvvisamente alti e bruni come bottoncini di legno, la pancia magra pungolata dal freddo.

Per tantissimo tempo non avevo saputo niente di quel corpo. L'inverno me l'aveva nascosto. Gli incontri radi per le feste – Natale, Pasqua – avevano svelato la crescita in altezza e poco altro: la magrezza ostinata delle gambe dentro i collant, i fianchi appena inspessiti. Adesso invece la sua adolescenza m'esplodeva accanto e si portava appresso un imbarazzo nuovo. Giravo la testa, distoglievo lo sguardo posandolo ovunque.

Mi muovevo per resisterle. E lei mi richiamava a sé: Stai ferma, Annina. Ferma così, non ti muovere. Non ti muovere più.

C'erano altre cose di lei che m'erano rimaste estranee. Scoprii per esempio che Enza leggeva tantissimo. Romanzi, perlopiù. Certi pomeriggi la guardavo rallegrarsi o intristirsi sulle pagine, sottolineare con tratti spessi di penna intere parti che poi ricopiava su un quaderno d'appunti. Di tanto in tanto la vedevo alzare gli occhi al cielo e schiudere le labbra come in preghiera. Poi, come risvegliata, continuava a leggere: il mento basso, il libro stretto al ventre.

Di quelle letture non parlava. Mai un accenno, nemmeno per sbaglio. Chiudeva il libro continuando conversazioni iniziate tempo prima. Si avviliva nel ricordo dell'ultima frase pronunciata. Stavo dicendo, cominciava, come se non si fosse interrotta mai. E allora guardava freddamente verso di me, o verso sua madre. Riallacciava discorsi perduti con la mollezza di sempre e aspettava di essere seguita.

La sola volta che la sentii fare sfoggio della sua passione fu con Bruna, una mattina in spiaggia. Accadde nel tentativo di descriversi. Poiché non trovava parole adatte, disse che rivedeva sé stessa in un personaggio libresco e fintamente svogliata ci squadernò davanti *Le vergini suicide*, il libro che aveva appena terminato. Quando ebbe attirato la nostra attenzione, raccontò l'arguzia delicata di Lux, creatura sottile, quarta di cinque sorelle, tra loro la più sfrontata, la più febbrile. Di lei disse che era uno di quei personaggi che lasciano rami e propaggini ovunque, che infestano i caratteri. Ne menzionò la risata roca e maliziosa, il modo furbo di presentarsi ai maschi, solleticando un poco il palmo, lanciando segnali amorosi. E ancora: il pennarello viola con cui scriveva i nomi dei suoi amori su mutandine e reggiseni, le canzoni dure e rockeggianti urlate a squarciagola.

Disse tutto questo con voce vanitosa, come catturata da un piacere segreto, e con gli occhi tronfi si rivolse a Bruna aspettando che parlasse.

Lei volle ribattere, non ci riuscì. Per un po' rimase a bocca schiusa canticchiando un motivetto estivo. Poi allungò una mano verso il libro, ne esaminò la copertina e cominciò a sfogliarlo. Dopo poco lo richiuse con foga.

Me lo presti? chiese.

Lo lesse in una notte e il giorno seguente attaccò a parlarne sovraeccitata.

A Enza disse: Non capisci niente, Lux è tra le sorelle l'unica scema. È frivola e vuota. Le manca l'orgoglio e anche il carattere. Cecilia, che pure è la più giovane, le è di molto superiore: è lei la vera eccentrica, la protagonista. Infatti è tra loro la prima ad andarsene. Sa da subito che salvarsi non le avrebbe salvate.

5.

Il giorno in cui ci presentò i ragazzi ci trovammo in una piazzola poco distante da casa: un disegno grossolano di mattoni rosseggianti e palme avvizzite. Era uno di quei pomeriggi acerbi, la luce ancora gialla e netta, il caldo soffocante. Un silenzio profondissimo.

Noi ragazze arrivammo per prime, Bruna avanti, Enza e io subito dietro. L'unico cerchio d'ombra si allargava oltre una recinzione intonacata progettata per far spazio a un'aiuola. La saltammo senza fatica allungando prima una gamba, poi l'altra. Per stare vicine ci stringemmo su una gobba frastagliata di pietra.

Non lo ricordavamo, ma lì sopra era sorta per qualche tempo una statua di donna cui era stata mozzata la testa, poi l'intero busto, infine i piedi.

Bruna era ansiosa di discutere. Si alzò in piedi lì sopra, fiera come una sfinge. Raccontò animatamente la storia della statua. Era sparita in tre notti. La testa era stata rinvenuta nel giardino privato di una famiglia di malaffare. Il corpo era andato disperso. Si credeva finito sul fondo del mare o sotterrato chissà dove come un cadavere. O ancora: distrutto, ridotto in polvere, dimenticato.

Gli occhi si fecero duri. Il viso rosso come la ruggine.

Con lo sguardo abbacinato dal caldo disse: Non lo sapete, voi, com'è stare in un paese così. La gente fa a pezzi le cose, non ha rispetto di niente. Venite a farvi le vacanze e tutto vi sembra bello. Non lo sapete com'è il mare d'inverno. A volte la notte s'increspa e fa paura.

Subito tacque. Guardò a terra con smarrimento. Non ci riuscì di capire se fosse seria o se stesse scherzando.

Enza provò a darle torto. È così ovunque, le disse. Quindi prese a elencarle le malefatte che si sentivano in città, ma Bruna già non l'ascoltava più. Aveva incurvato la schiena come per obbedire a un impulso. Con la mano si era allungata fino a terra, aveva raccolto una pietruzza e l'aveva lanciata per aria senza mirare a niente.

Vediamo chi lancia più lontano, aveva detto.

I maschi arrivarono di lì a poco in sella a motorini chiassosi. Salutarono Bruna con un rapido bacio, a noi strinsero le mani. Scherzarono sul nostro primo incontro. A turno chiesero scusa per quel giorno in spiaggia. Dissero che non volevano farci paura. Si rimproverarono a vicenda i modi, le parole. Per presentarsi usarono la voce grossa, da uomini fatti.

Mirco era il più alto di tutti. Era anche il più bello, come avremmo poi considerato in gran segreto. Un ragazzo secco e tutto angoli, gambe lunghe e braccia nervose, piene di vene. Il pomeriggio in cui s'era avventato su Bruna l'avevamo giudicato rozzo, arrogante. Ci sbagliavamo: già quella sera avremmo detto di lui tutt'altro.

Lo si vedeva spesso fare coppia con Davide, un ragazzo dalla faccia orientale, occhi stretti e naso schiacciato. Un tipo spiritoso, con la bocca sempre larga di risate e solo un poco irascibile. Gli insultavano la madre perché era bella e somigliava all'attrice di quel film con Tom Cruise. Quando accadeva lanciava grossi pugni su ogni cosa che gli capitava a tiro.

I due che conobbi di meno erano cugini. Renato e Simone: il primo timido, grassoccio, lentigginoso, con occhiali spessi da miope, gentile all'inverosimile, lo si sentiva sempre chiedere scusa, dire grazie; l'altro basso e snello, con lo sguardo lievemente strabico e le labbra da donna. Simone era il meno spassoso. Uno che litigava velocemente e si arrabbiava per nulla. Con noi fu sempre diffidente. I primi giorni non rivolse parola né a Enza né a me. Quando parlavamo si voltava persino di schiena.

C'era infine Tonino, il più giovane di quei ragazzi. Appena ci vide si chinò smaliziato su di noi. Pretese un bacio per saluto. A tutti raccontò del gelato che ci aveva offerto. Appena Enza provò a contraddirlo le disse: Il gelato però ti è piaciuto.

Venivano adesso da una campagna vicina. In gruppo erano riusciti a far partire il motore guasto di un trattore. Nel raccontarlo imitarono il grosso rombo, qualcuno applaudì sonoramente. Avevano creduto di poter perdere i giorni sopra a vecchi ferri sconquassati, invece in poche ore il danno era risolto e la paga era stata profumata. Infatti saltavano.

S'affannarono anche per farci domande: Chi siete? Da dove venite?

Vollero sapere le nostre età. Sembravamo più grandi, dissero.

Davide prese in giro i nostri vestiti, le nostre borse, ci chiamò signorine. Disse: Che ci fanno due signorine come voi in questa piazza?

Gli altri lo spalleggiarono divertiti: Vengono a guardare i maschi.

Lui continuò: A Catania non ce li avete mica i maschi che ci sono qui. E subito mostrò il braccio ossuto come avrebbe fatto un campione di pesi. Risero tutti, ridemmo anche noi.

Il resto del pomeriggio lo passarono tra loro a calciare una pigna.

Nella corsa sembravano figure incorporee. Il sole brillante ne illuminava i contorni, le ombre si allungavano, si abbattevano sui nostri piedi. A tratti si udivano risate fragorose e urla oscene. L'ilarità scoppiava all'improvviso dall'errore: un passo falso, uno scivolone, una parola di troppo.

Bruna si muoveva tra noi e loro. Per tutto il tempo ebbe un sorriso e parole buone per tutti. Dispensò carezze da una parte e dall'altra, non le riusciva di stare ferma.

Seppi che si era persino offerta di aiutarli a raccattare biciclette nuove per i loro affari. In quel progetto che mai si compì aveva segretamente incluso anche noi.

Fu attorno a quelle fantasie – all'idea di ritornare per un giorno ladre, avventuriere – che, in maniera del tutto inaspettata, diventammo amici.

6.

Quella sera visitammo insieme il gran mercato estivo. In margine alla spiaggia, i banchetti e le tende si allineavano come denti di una bocca. Soffiava un vento conosciuto, brina salmastra e ginestre. La gente si accalcava tra i costumi luccicanti, i teli ricamati a mano, le borse di paglia, le pietre d'ambra, le pentole, i rimedi di bellezza. In un angolo suonava la banda. Un ritornello stantio, quasi un suono d'infanzia. Dai balconi si affacciavano gli ospiti del Belvedere. Una ragazza mora, grandi sopracciglia, intonava un canto di festa. Altri seguivano il ritmo battendo le mani.

Enza e io ricordammo il grosso spavento che era stato ritrovarsi in braccio all'uomo in baffi e divisa quando eravamo poco più che bambine. La via era bordata di luci come allora. La folla si agitava confusa tra banchi di fritti e cianfrusaglie di ogni tipo. Le nostre madri erano distratte sopra a parei egiziani in offerta. Noi saltavamo come scheletrini bianchi da un posto all'altro. L'uomo che ci aveva trovate aveva spalle poderose. Sollevò entrambe da terra come avrebbe fatto una bestia, senza attenzione. A Enza, che era la più grande, aveva chiesto: A chi appartieni?

Lei non aveva risposto: in lontananza vedeva già gli occhi pazzi di Angela, quelli disperati di mia madre. Le urla di entrambe le sentirono tutti.

Adesso lo raccontava a Bruna e ai ragazzi. Tutti la stavano

a sentire. Sulle dita contò quanti anni erano passati da allora. Mi chiese di aiutarla nel calcolo. Sette o forse otto, dissi. Allora ci sembrò un'eternità.

In mano tenevamo lattine di birra gelata. Una marca scadente, comprata a poche lire da un banchetto per strada. A turno evocammo ricordi d'infanzia che ci parevano grandi disgrazie. Mirco raccontò di quella volta che aveva convinto sua cugina Carmela a farsi fare il bidè. Ricordò la mollezza tra le dita; la pelle fresca e tenera, da bambina.

Sua madre li aveva trovati così: la nipote con la blusetta bianca sollevata, le gambette a cavallo sulla ceramica, le mutande tese come elastici alle caviglie intrappolate; lui con il braccio in mezzo alle cosce di lei.

Un attimo dopo, volava giù dalle scale, il sangue cadeva copioso dalla fronte e dal mento. Sua madre lo aveva raccolto da terra piangendo e bestemmiando insieme.

Per restituire una nota di ilarità alla storia gettò in aria una bestemmia imitando una voce acuta di donna. Risero tutti tranne Bruna che gli urtò energicamente il gomito in segno di rimprovero. Mirco cambiò velocemente registro. Si spinse indietro con la schiena, imitò con la stessa tonalità un'altra madre, quella di Davide.

Disse rivolgendosi solo a lui: Ti ricordi quando voleva farci arrestare? Insieme affastellarono i ricordi di un pomeriggio d'inverno. Raccontarono di un tipo strano: la testa calva affondata nelle spalle, lucida come appena lustrata. Sembrava un uovo vestito, disse Davide ridendo. Li aveva avvicinati con una scusa e convinti a fargli da palo mentre spaccava il vetro di un'auto parcheggiata. A entrambi aveva lasciato diecimila lire ed era sparito.

La voce era presto girata tra loro amici, poi ovunque. Alla sera la madre di Davide li aveva trascinati a forza davanti a due guardie in servizio. A loro aveva detto: Pensateci voi a questi disgraziati, altrimenti mi consumo le mani.

Tonino s'infilò nel discorso sghignazzando. Il peggio è mio padre, disse. Il giorno che lo aveva scoperto a cercare tra certe sue videocassette gli aveva sferrato un pugno in mezzo alle scapole togliendogli il respiro. Il dolore era rimasto per settimane, maturando e prendendo i colori del viola e del blu.

Anche a Bruna toccò di parlare. Con la voce alterata dalla rabbia raccontò della volta che Mela le aveva tagliato i capelli nel sonno. Non aveva ancora dieci anni. La lunga treccia bionda che riempiva la schiena fu tranciata in una notte. Al mattino la testa era un bulbo filamentoso. Bruna si era guardata a lungo prima di iniziare a piangere. Aveva pensato: quella non sono io. È un'ombra, una visione. Il cranio erboso di un essere già morto. Allora aveva pianto. Quando sua madre l'aveva sorpresa a disperarsi allo specchio aveva citato ridendo un versetto religioso: Vanità delle vanità, tutto è vanità.

Poi era andata via contenta.

Ci furono altri racconti di quel tipo: madri indiavolate e padri padroni, oppure padri morti, famiglie spezzate, letti inospitali, domeniche infestate da fantasmi. Ciò che più mi segnò in quelle storie fu l'idea che quei ragazzi sconoscessero l'affetto.

Avevo visto mia madre arrabbiata: sbatteva le porte con fracasso, lanciava in aria grosse grida esasperate, si avventava sui miei oggetti minacciando di buttarli se non l'ascoltavo. Erano guizzi di rabbia improvvisa, duravano il tempo di un sospiro. Subito dopo ritornava calma, si accasciava fiaccamente su di me, chiedeva scusa. Mai avrebbe perso il senno come quelle donne.

Allo stesso modo mio padre: si adirava con facilità ma nei rimproveri diventava solenne. Impostava la voce, stringeva inutilmente i pugni, alla fine usava i termini con misura, non gli riusciva di scomporsi.

Anche nella famiglia di Enza accadeva lo stesso: i suoi genitori s'accendevano più dei miei, si accanivano a lungo, tuttavia non conoscevano violenza.

Storie come quelle esistevano in televisione e nei romanzi, mai nella vita reale.

Durante quelle prime confessioni tacqui quasi sempre. Preferii sorvegliare Enza: guardare le espressioni che le si formavano in viso, confrontarle con le mie. La trovai attenta, appassionata, pronta a controbattere. Ogni tanto si rivolgeva impressionata a Bruna, le chiedeva: Secondo te è vero?

Quando Mirco le passò una sigaretta tra le dita non oppose resistenza. Rilassò le spalle, le braccia, il petto; aspirò una grande boccata di fumo. L'odore si fece via via più pungente, ristagnò nell'aria attorno e sui nostri vestiti. Capii con ritardo che si trattava di marijuana. Lui la accarezzò su una gamba, le fece cenno di continuare. Enza piegò maliziosa un lato della bocca. Dal modo in cui fumava intuii che non era la prima volta. Lo stesso si schermì. Disse ridendo: Non mi guardare così.

Nei suoi occhi già brillava la vertigine.

7.

Quando il vetro si schiantò contro i piedi di Enza, sentimmo solo il rumore. Un suono spaventoso di grancassa rotolò lungo la strada e fu come un risveglio.

A quel punto avevamo già abbandonato la festa, le luci attorno a noi si erano fatte lievi, erano comparsi cespugli di erica secca e palme nane. Le nostre ombre oscillanti si erano curvate sulle basole antiche di una via defilata dal centro. Lì dove avevamo bevuto e fumato, adesso c'era Enza accovacciata sulle ginocchia, i capelli sudati e scomposti, il vestito arrotolato sulle cosce.

Solo un attimo prima l'avevamo vista divertirsi e agitare le mani, chiamare Bruna e gli altri, ognuno col nome accorciato, striminzito, tenero come la confidenza. Allungare le braccia, abbracciare. Profondersi nelle confessioni più intime. Chiamare anche me, dirmi: Un altro sorso, un'altra boccata, vedi come è tutto bello, bellissimo, è la nostra estate.

Così avevo creduto anch'io. Per la prima volta stordita, annebbiata, col palato in fiamme. Immaginavo il giorno in cui avrei raccontato tutto a Rosalba e Luisa. Già mi pensavo migliore di loro, più adulta, più esperta.

Avrei detto: Non sapete cos'è il divertimento. Il mistero di trovarsi a ballare scalzi per strada. L'euforia delle palpebre chiuse, della terra che diventa giostra. Il senso di avventura, di gioia. Ecco, non sapete, non immaginate cos'è.

Avrei raccontato la voce soffocata di Tonino. Il modo in

cui si era fatto vicino, aveva chiesto: Hai freddo? E poi: Bevi qua. L'impressione di irrealtà, di poche, piccole cose connesse al peccato: la mano sfiorata, poi stretta; il contatto dei corpi; il senso d'ebbrezza. Il guardare Bruna, la bocca rossa e secca, la precisione dei movimenti. I fianchi, il fumo attorno. Il suo furore di ragazza, di donna, e l'arroganza maschile con cui si era indicata il sesso e aveva detto *fica*. Tutti quei ragazzi attorno. Enza che rideva senza freni, e tra le labbra ripeteva come un'ebete: *Fica fica fica*.

Di tutte le visioni che mi assalivano era quella la più vivida: Enza e Bruna insieme, ritrovate, mai perdute. Enza e Bruna bambine, le cosce scoperte, i vestiti ondeggianti. Incuranti dei maschi che le guardano, le desiderano, provano a separarle, ad averle per sé. Ma loro no: loro non guardano nessuno. Intrecciano le dita, ballano, cantano, ridono come matte.

Adesso, mentre Bruna le lisciava le gambe insanguinate, Enza tremava per il dolore. La voracità di prima si era come trasformata. Mordicchiava le unghie, cercava conforto. Chiedeva: Cosa è stato? Passerà? Una brusca folata di vento aveva spinto una lastra di vetro ai suoi piedi, le schegge avevano colpito le caviglie. Avevamo chiamato i soccorsi.

I ragazzi non aspettarono l'ambulanza con noi. Si defilarono uno a uno salutandoci con affetto. A Enza dedicarono il grosso delle attenzioni: si chinarono su di lei, le baciarono la fronte, le guance, si profusero in frasi di incoraggiamento. Dissero a domani con la voce solida della promessa, le pupille ingrandite dal fumo. Erano diventati innocui.

Enza fu portata via in fretta. Prima di andarsene disse: Sto bene. Il tono era di dispiacere, ma anche di gratitudine. Nella strada del ritorno Bruna mi tenne sottobraccio. Continuava a domandarsi come fosse successo, lo domandava a me. Non riusciva a darsi pace.

Cosa dirai a sua madre? chiese. Dobbiamo dire la stessa

cosa. Non raccontare a nessuno che abbiamo fumato, va bene? Puoi dire che eravamo da sole, noi tre.

Annuii. Già in mente preparavo la menzogna.

Angela la trovai a letto, la testa piegata a forza su un braccio, la bocca aperta, sformata, i denti in vista. Provai a chiamarla sottovoce, non volevo allarmarla. Lei aprì gli occhi, mi guardò frastornata. L'espressione parve indurirsi in quell'istante: gli occhi larghi dello spavento, le labbra ancora pigre e già di marmo. Con lo sguardo cercò dietro la mia schiena. Voleva vedere sua figlia, sincerarsi che fosse lì e non altrove, che non la stessi svegliando per altro.

Che succede? chiese come se fossi un'intrusa. Intanto fece la fatica di alzarsi, ricomporsi. Le spalle nude appassirono sotto a uno scialle scuro.

Raccontai i fatti con la voce ferma. Dissi che Enza era in ospedale, che stava bene, non c'era da preoccuparsi.

Come è successo?

Non lo sappiamo, farfugliai.

Credevo di mentire ma era quella la verità. Il vetro era piombato giù dal cielo. Un tonfo secco, come di morte. Nessuno lo aveva visto cadere, precipitare per terra, spaccarsi, piantarsi sui piedi, sulle caviglie di Enza.

Potevamo interrogarci all'infinito. Incolpare il vento, l'alito, il soffio. Scomodare anche il diavolo. Nessuno avrebbe mai saputo cos'era accaduto davvero quella sera. Solo un'idea si materializzò col tempo: era quello il primo presagio, il primo avvertimento.

8.

Enza zoppicò per giorni. Una pinza a becco stretto le aveva attraversato la carne: così avevano estratto i cocci di vetro. Uno a uno. Il dolore le era parso familiare. Le unghie di sua madre. Quando era bambina premevano sulle spalle, sulle cosce. Ogni volta che la perdeva di vista e poi la riacciuffava. Lasciavano il segno: mezzelune arancioni, rosse.

Angela aveva infilato in borsa una delle sue vestaglie, un paio di mutande.

Prima di uscire si era spostata di fretta da una stanza all'altra, aveva raccolto inutilmente altre cose per la figlia: un walkman, un quaderno. Aveva guardato perduta tra i suoi libri, poi aveva scelto una rivista. In un beauty aveva sistemato una crema idratante e il suo spazzolino. Poi un rimmel, un fard, un pettine, delle forcine.

In ospedale, presa dallo smarrimento, aveva chiesto di Enza come della ragazza giovane, capelli lunghi, scuri, magra. Posso prendere una caramella? Ne prendo due, una la porto a mia figlia. All'infermiere che le aveva indicato la strada aveva detto grazie con voce leziosa. Dopo aveva continuato a dire grazie. Al medico che aveva soccorso la figlia aveva detto: Mi lasci il suo numero, dovesse accadere qualcosa.

Un'ora più tardi Enza sarebbe stata a casa. Insieme avremmo commentato la vestaglia che voleva farle indossare sua madre se davvero l'avessero ricoverata: pizzo scuro, trasparenze, spalline sottili e infiocchettate.

C'è poco da ridere, aveva detto Angela. Al mattino avrebbe cominciato con le telefonate: Pietro, la madre di Pietro, la sorella di Pietro, mia madre, mio padre. A tutti avrebbe detto: Erano ubriache.

Per una settimana ci fu vietato di uscire.

L'ordine era partito da mia madre e si era esteso anche a Enza. Al telefono ci fu un leggero litigio. Mia madre parlò senza freni, a voce sostenuta. Mi accusò di poco riguardo nei confronti suoi e di mio padre.

Ti abbiamo dato fiducia, disse. Comportati bene.

Dall'altro lato della cornetta immaginai la donna bassa, i capelli corti schiariti a chiazze, ancora umidi (d'estate non li asciugava), i fuseaux gialli che indossava spesso a casa, la mano sul fianco spazioso. Più giovane di Angela, eppure nei modi più vecchia. Madre. Infatti parla di fiducia. Di colpa.

Non dice: non farlo più. Dice: pentiti.

Come quando era giovane, trentenne, e cercava di attirare a sé una figlia che le sfuggiva. Le diceva: La mamma piange. Cos'hai fatto alla mamma? Non fare soffrire la mamma. E la bambina accorreva, la perdonava, si perdonava.

Mio padre parlò dopo di lei, pronunciò poche e brevi parole. Stai attenta, disse. Fai come ha detto tua madre. Il tono sembrò artificioso. Sentii che le parole gliele aveva scelte lei.

Quando riattaccai ebbi vergogna di me stessa. Mi scusai con Angela che aveva assistito in piedi alla discussione sentendo solo le mie risposte: Sì, va bene, mi dispiace. Raggiunsi Enza in camera, le diedi la notizia: Una settimana.

Enza reagì male, nascose la testa sotto alle coperte, urlò: Questa me la pagate. Diventò ostile, inutilmente polemica. Rispondeva a tutto con secchi monosillabi: sì, no, boh. Quando le passai la mano sul braccio disse: Non toccarmi. Per tutto il giorno sfogliò le pagine di uno stesso libro, scrisse pochi appunti su un quaderno, non si alzò dal letto se non per medicare le ferite. Anche in quel caso volle fare da sola.

Con le dita allargò la garza sulla caviglia, la destra, delle due la più gonfia. Scoprì il cerotto, ispezionò i piccoli tagli.

Le venne il pensiero, lo rivelò dopo, che i segni le rovinassero per sempre le gambe. Le sue gambe snelle, lunghe, adesso terminavano su quegli orribili sfregi. Avrebbe dovuto coprirle anche d'estate. Chi avrebbe guardato delle gambe ridotte a quel modo?

Alla sera chiamò suo padre, si lasciò andare a un pianto liberatorio. A lui, solo a lui, disse: Volevo cancellare la tristezza. Poi: Perché non vieni qui? Un giorno, solo uno. Stiamo soli io e tu.

Lui accampò scuse. Il lavoro, disse.

A quel punto Angela alzò la cornetta dall'altra stanza. Parlò sopra Enza, sopra Pietro.

Al marito disse: Non fai niente e sai solo criticare. La voce grossa e disperata.

Poi perse la pazienza, cominciò a rinfacciargli disastri: il giorno che aveva dimenticato Enza in macchina per delle ore, le volte che l'aveva vista vomitare senza riuscire a soccorrerla.

Chi si occupa di tutto? diceva. E subito gridava: Io.

Fosse stato per te sarebbe già morta. Una figlia morta, ecco cosa avresti.

Enza riattaccò in fretta. Subito fu presa dalla nostalgia, me lo confidò dopo. Vide i suoi genitori insieme. La vacanza a Firenze. Quella volta che pioveva e non si trovava l'ombrello, e uno accusava l'altro: Hai la testa per aria, perdi tutto. Guarda che l'avevi tu in borsa. Sei pazzo. L'hai sempre avuto tu.

L'immagine dell'ombrello risvegliò il suo cuore: giallo con una scritta verde. Si rivede mentre lo afferra, da chiuso, e in un attimo lo infila dentro un arbusto fiorito. Così, per giocare. L'ombrello è sparito. Nessuno l'ha vista. Quanti anni aveva? Sei? Forse sette.

A sei, forse a sette anni, Enza vede i suoi genitori litigare e crede di essere la causa di tutto.

Dieci anni dopo accade ancora così.

9.

Rimanemmo immobili e silenziose per giorni. Dovunque mettevamo un piede s'apriva come un buco nella terra un nuovo divieto. Angela arrivò a proibirci di usare il telefono. Lo strappò di mano a Enza senza preavviso quando la credette di nuovo a confessarsi col padre. Subito riattaccò l'apparecchio con violenza. Forse non ci siamo capite, disse.

Le avevo già viste litigare a quel modo: madre e figlia, punte dalla stessa rabbia isterica. Le vocali alte e lunghe, stridule come un panno umido sfregato a forza su un vetro. I polsi sbattuti in aria in un tintinnare di pietruzze ciondolanti.

Ogni momento era buono per cominciare: pure il piccolo televisore in cucina riuscì a istigare una discussione. La sera che Enza batté vigorosamente il palmo aperto sul dorso dell'elettrodomestico, Angela la acchiappò per un braccio e la spedì a letto con un grido.

Più tardi telefonò a mia madre. Presa dalla stanchezza disse che rivedeva sé stessa vent'anni prima: arrogante e ostinata da far paura. Mi farà ammalare, disse. Quando entra in sfida è intrattabile, non sa cos'è il rispetto. Almeno io alla sua età sapevo fermarmi.

Su un mobile vicino s'affacciava alla vista una fotografia di quel tempo: le due sorelle in piedi davanti a una cascata di capperi fioriti. Angela la commentò stancamente: Come siamo invecchiate male. L'energia che palpitava nelle cosce si era fiaccata attorno a cose pacate: una casa in città, un marito, una figlia bellissima. La vita, tutta, ripiegata nei cassetti e negli armadi, tra abiti intonsi e tovaglie merlettate. Presa dal discorso si lasciò andare a confidenze: la casa della loro infanzia risvegliava memorie. Le sembrava, col suo matrimonio, di aver tradito la ragazza che si muoveva tra quelle stanze, tutti i sogni di giovinezza.

Immaginai mia madre all'altro capo del telefono: l'aspetto legnoso dei santi nelle chiese e un sorriso freddo e astratto. Doveva aver detto, vergognandosi un poco: Cosa vai a pensare. Non sopportava di mostrarsi malinconica.

Angela rimase zitta per più di un momento prima di salutarla. Quando lasciò andare la cornetta e si accorse di me, mi rivolse uno sguardo in cui la riconobbi appena. Poi tornò da Enza, le sentii gridare ancora.

Delle due, era Angela che non riusciva ad acquietarsi. La telefonata con Pietro le aveva smosso qualcosa da sotto le costole. Malessere, rabbia. Qualunque cosa fosse, preferì trasferirlo alla figlia.

Altre cose le aveva trasferito negli anni, Enza ne fece un elenco a voce: la magrezza spettrale, l'altezza, le ossa prominenti, l'insofferenza. Si era tenuta per sé: la vanità, la bellezza, i seni, un naso di grandezza normale.

Cos'ha il tuo naso che non va? chiesi senza piaggeria.

Sembra un becco, disse.

Non lo pensava davvero. Questo era quello che diceva a me, forse alle compagne di scuola. Ma io l'avevo vista specchiarsi, guardarsi senza ombra di sospetto, una parte del viso, poi l'altra. Il profilo migliore è il sinistro, era quello che mostrava nelle foto che stampava a bizzeffe. In tutte c'era il suo naso, che non somigliava per niente a un becco. In tutte c'erano i suoi denti, grandi, bianchissimi, di cui andava fiera.

Gli stessi denti furono per un periodo oggetto di discussione in casa mia. Quando mia madre volle convincermi a farmi impiantare l'apparecchio disse: Ti fa venire i denti come quelli di Enza.

Da lì nacque forse il rifiuto. A ogni successiva richiesta

– preghiera, supplica – mi opposi con tenacia. Cominciai a ripetere stupidamente: Non li voglio i denti di Enza. Mi tengo i miei denti storti, il palato infossato. Per protesta chiusi la bocca, non parlai, mi vietai il sorriso.

Io ero, a quel tempo, bambina. Otto, nove anni. Così mi vedevo: non bella, non brutta. Un viso normale, un corpo normale. Solo quei denti. Dannati denti. Per tutta la vita avrei ripetuto: dannati denti.

L'abitudine a confrontarmi con Enza era sorta presto. Quando a tre anni emettevo pochi suoni confusi mia madre diceva: Alla sua età Enza faceva già discorsi compiuti. Ai dottori, alle maestre chiedeva: Cos'ha che non va? A tre anni la cugina già parlava, già contava.

Più tardi era nata la fissa di misurarmi. A mio padre diceva: Vedi che non cresce? La bambina non si alza, rimarrà bassa. A cinque anni Enza era già slanciata, guarda. Gli mostrava una foto.

Le foto di Enza da bambina divennero le immagini odiatissime della mia infanzia. Tanto quanto gli insetti, le blatte, il buio. Una in particolare: i capelli lunghi fino ai fianchi, la frangetta, un berretto a forma di testa di gatto, il sorriso bianco in vista. Persino mio padre, che non s'esprimeva mai, davanti a quella foto aveva detto: Guarda che bella.

Quando la ebbi in mano anch'io il gesto fu spontaneo: la piegai in due, poi in quattro. La nascosi sotto al maglione. L'idea era di farla a pezzi quando nessuno avrebbe guardato. Alla fine non ne ebbi il coraggio. Appena fui in camera la infilai in un diario che tenevo segreto. In alto scrissi: oggi ho fatto una cosa sbagliata.

L'invidia fu sedata dall'affetto. Il giorno che Enza rivelò le sue sfortune ci ritrovammo amiche. Nel racconto fu sintetica, imprecisa. Vicini di casa: lui aveva dieci anni, lei pure. Si baciavano sulla bocca. Una volta – solo una, giurò lei – l'aveva guardata nelle mutande. Subito s'era coperta, aveva detto: Non si può.

Lui si era immusonito, aveva detto: Come vuoi. Il giorno dopo teneva per mano una biondina. Alta, capelli ricci, uno o due anni più grande, il seno già pronunciato.

A Enza aveva detto: Dobbiamo lasciarci.

Mentre lo raccontava si batté il cuore con il pugno.

Niente fa male come l'amore, disse.

10.

Bruna ottenne da Angela il permesso di farci visita. Quando entrò in camera disse senza preamboli: Tua madre è una vera stronza. In mano teneva una busta di plastica da cui tolse una mini-confezione di biscotti industriali. Tenete, disse adagiandoli sulla piccola scrivania.

A suo dire ci trovò trasformate. La luce inclemente della camera in cui dormivamo ci aveva reso la pelle gialla. L'abbronzatura era andata via. A Enza si vedevano le ossa. Le clavicole parevano stampelle di ferro da cui pendeva la canottiera sottile. Perdipiù il caldo si era fatto insopportabile e in casa mancava un ventilatore. Nelle ore più cocenti ci facevamo aria a vicenda con i fogli di un giornale.

Per quanto ancora vuole tenervi chiuse qui dentro?

Confessò che al nostro posto non avrebbe resistito. Col caldo, in casa sua, le pareti diventavano di cartapesta e ogni cosa pareva sottile, precaria. Giurò di aver visto proprio quella notte il soffitto della sua stanza piegarsi sopra di lei, premerle sul petto. Forse l'ho sognato, si corresse, e sospirò visibilmente.

Raccontò anche che dalla notte dell'incidente lei e i ragazzi si erano frequentati spesso. Qualcosa, nei loro incontri, la rasserenava. Non si parlava un granché, ma esistevano gesti minuti che affondavano nella carne come morsi di fame e lì restavano. Anche un sorriso, una battuta per far ridere.

A voi sembrerà una stupidaggine, disse. È una fatica che

pochi conoscono: essere impreparati alla felicità. Guardi le cose con un altro occhio. Roba da niente che diventa tutto.

Il tempo scivolò via velocemente. Forse per stemperare l'amarezza, Enza mostrò la caviglia inorgoglita: piccole croste scure e il residuo colloso di un cerotto. Il rossore si era spento del tutto. Anche l'ascesso si era ridotto e quasi non si distingueva la gamba più colpita dall'altra. Bruna si abbassò ad accarezzarla.

È il segno che ci siamo divertite, disse.

Enza annuì. Vidi nella sua espressione una punta di sollievo. Le sue gambe erano salve un'altra volta.

C'era già stata una cicatrice: poco sotto il ginocchio, adesso del tutto invisibile. A quattro anni si era lanciata da un bancale di legno torreggiante. Tre volte la sua altezza, si sarebbe detto per anni. Di quel giorno ricordava più di tutto una cosa: suo padre, il modo in cui l'aveva raccolta da terra come un uccellino.

Quando ne parlò a Bruna, al solito esagerò nei dettagli. Le disse: Non puoi crederci, era altissimo, enorme. Nel suo racconto, Enza bambina scivola giù per interi minuti, precipita. Il bancale di legno diventa palco, tetto, campanile, collina. Nessuno sa come ne sia uscita viva.

Bruna ascoltò in gran silenzio. Per tutto il tempo si era tenuta le dita sulle tempie, ora le aveva fatte scivolare fino alla bocca. I denti mordicchiavano l'unghia del pollice.

Sulle prime non sembrò più entusiasta come all'inizio. Al contrario: fece una smorfia di scontentezza. Poi si disse annoiata. Girò per la stanza, aprì il pacco di biscotti che aveva portato e ne addentò uno. Nel riflesso della piccola televisione incontrò il mio sguardo.

Tu non parli mai? chiese continuando a darmi la schiena.

Sto ascoltando, risposi.

Quando si voltò verso di me il suo viso aveva già un'espressione nuova. Insolenza mista a fastidio. Capii che voleva servirsi di me come esca per arrivare a Enza.

Perché fai quella faccia triste? chiese. La domanda suonò come un insulto.

D'istinto strinsi le spalle, non seppi rispondere. Qualcosa l'aveva ferita, aveva le guance accese. La sua maglietta bianca si era bagnata di sudore.

Poi all'improvviso disse: Di che vi lamentate? e la voce oscillava tra la cattiveria e il risentimento.

Questo siete state: bambine amate, amatissime. Figlie privilegiate. La verità è che non vi è mai successo nulla. E mai succederà, scommetto.

Tale fu la foga con cui parlò che anche Enza evitò di controbattere. Piuttosto si rabbuiò.

Cominciò a parlare col tono basso: Ho detto qualcosa di sbagliato?

Colse l'equivoco nelle sue frasi, nel suo racconto. Si pentì di aver parlato di quell'incidente a quel modo. Più tardi avrebbe detto in segreto: Non dovevo raccontare quella storia, non a lei.

La sua reazione mi sorprese. Di solito si arrabbiava velocemente, adesso invece sembrava fiacca, innocua. Non disse esattamente scusa, ma ebbe fretta di cambiare discorso.

Forse per compiacerla chiese: Stasera che si fa?

Bruna intrecciò le braccia. La domanda le sembrò superflua. Devi chiederlo a tua madre, disse. Non avete il divieto di uscire?

Chi se ne frega di mia madre, rispose Enza.

11.

Quella notte uscimmo di casa come fuggiasche. Nel buio, in silenzio, le scarpe in mano per non fare rumore.

Enza ripeteva sottovoce un'unica frase: Fai piano.

Intanto si muoveva agile sulle gambe. L'entusiasmo aveva dato vigore persino alle caviglie ancora fasciate. Grillo, bambina. In un attimo scivolò all'ingresso.

Solo alla fine indugiò sulla serratura. Cercò da me il coraggio per continuare. Così annuii. Con la mano le strinsi una spalla e sembrò di toccarle solo ossa.

Un giro di chiavi, poi due. Adagio aprì la porta.

Ci siamo, disse fiera.

I preparativi avevano richiesto l'intero pomeriggio.

Avevamo dovuto muoverci in gran segreto per radunare sul letto i vestiti migliori, le scarpe, i rossetti. Pure nel mezzo della stanza si erano allungate le nostre prove d'abito: i capi che avevamo scartato, quelli su cui fummo indecise fino all'ultimo.

Enza mi aveva mostrato la sua biancheria: coordinati reggiseno e mutandina, merletti, trasparenze. Tutto piegato in maniera impeccabile dentro a sacchetti odorosi come bustine di tè. Al confronto con la mia aveva riso. Lì era venuta fuori tutta la superbia dei suoi sedici anni.

Aveva anche lasciato che la guardassi nuda. Il seno piccolo e sodo, la magrezza ostinata dei fianchi, le costole in vista. Sul bacino ancora i segni di quando si tormentava la pelle con una spilla da balia. Un modo stupido di darsi sollievo, aveva detto, e subito s'era coperta.

Un vestito nero, uno rosa, uno bianco. Alla fine si era decisa per quello che più la faceva adulta, donna. Poi una collana d'ambra trafugata a sua madre, al mattino l'avrebbe rimessa a posto.

Anche per me aveva scelto lei: un abito corto di maniche e leggermente scollato. I capelli legati in una coda altissima.

Chissà Angela, avevamo pensato per tutto il tempo. Chissà se immagina cosa stiamo facendo. La confusione poteva essere un indizio, eppure anche entrando una, due volte, non l'aveva notata. Si era chiusa la porta alle spalle, aveva detto: Non fate rumore, come si dice ai bambini.

Neanche a dirlo: ci eravamo appena accordate per fare pianissimo.

Passata la mezzanotte eravamo fuori casa insieme a Bruna. La luce grigia dell'unico lampione riluceva sull'asfalto. Enza si sporse in avanti e sbirciò verso la strada. Lo stesso feci io, una copia esatta dei suoi gesti.

Fu in quel momento che li vedemmo arrivare. Uno a uno: prima i fanali splendenti, poi le ombre guizzanti dei ragazzi in sella.

Enza si sbracciò con entusiasmo. La mano ondeggiò da una parte e dall'altra spingendo in alto la piccola borsa.

Per un attimo fu uguale a sua madre: il trucco acceso, l'espressione esaltata.

Inscenò una breve corsa allegra in segno di saluto e si arrestò appena i motorini furono vicini. A quel punto si sentì solo un ronzio basso e costante, poi un richiamo che sembrò un muggito. Parlarono tutti contemporaneamente. Dissero: Avanti, forza, salite. Noi facemmo ciò che ci era stato chiesto senza il minimo tentennamento.

Quanto erano diverse le ragazze che adesso saltavano in sella ai motorini, salutavano con voce graziosa, abbracciavano la schiena dei ragazzi, sistemavano il vestito chiaro, infiocchettato, sulle gambe. Quanto erano diverse quelle ragazze – vivaci, entusiaste, fanatiche – dalle altre che alla fine della vacanza avrebbero pianto al telefono parole disperate.

12.

Alla porta venne Massimo, il proprietario di casa. Salutò come se ci conoscesse da tempo. Abbracciò Enza e me. Strinse le nostre spalle. Disse: Benvenute, prego, di qua. Poi tirò un bacio sulle mani di entrambe. A Enza disse: Ti ho già vista da qualche parte, forse una pubblicità. Il suo alito puzzava di tabacco.

Scoprimmo da Bruna la parentela con Davide: un cugino, più grande di almeno dieci anni. Gli occhi in effetti ricordavano i suoi: stretti e lunghi come foglie di ulivo. Più tardi avremmo commentato con scherno la canottiera ingiallita, i capelli fuorimoda, corti davanti e allungati sulla nuca, leggermente ondosi, sudici, grassi. Davanti a lui ci sforzammo di essere gentili.

È un bel posto, disse Enza e anch'io annuii per darle ragione.

Non lo dite sul serio, rispose lui. I ragazzi la chiamano la cantina perché chiamarla casa è troppo. Vengono qui a far festa.

Con un gesto veloce della mano indicò Davide, Mirco e gli altri. Beata gioventù, disse scherzando, e finse di massaggiarsi la schiena come un anziano. Poi si allontanò fino al tavolo, afferrò tra i molti oggetti ammucchiati un coltello da bistecca e cominciò ad affettare un'anguria.

La cantina era un luogo insolito. Un pavimento grande e antico a mattonelle rosse, ferrigne. Nessuna finestra, solo pareti umide e grezze, freddissime al contatto. Il resto era penombra, aria viziata, tanfo di erba, poco altro: un grande tavolo da osteria, una dozzina di sedie sparse, un vecchio cucinino a gas, un divanetto ridotto a brandelli. Ovunque, per terra e sulla scarna mobilia, tazze e bicchieri sporchi, bottiglie, mozziconi schiacciati, riviste di motori e di armi. Dai muri sbucavano cavi e scritte oscene. Di nitido c'era solo la luce gialla e smarginata di una lampada senza paralume, nient'altro.

C'erano anche volti sconosciuti, maschi perlopiù. Alcuni erano sdraiati a terra in cerchio. Formavano una strana catena di corpi. Più tardi avrei ritrovato tra loro il viso di Antonietta, la ragazza che avevamo visto in spiaggia col figlio. Adesso vedevo solo la nube spessa di fumo che li avvolgeva, il modo in cui intrecciavano gambe e braccia come se l'uno fosse il prosieguo dell'altro.

L'impressione era stata di varcare la soglia di un circolo per nottambuli o per giovani drogati. L'aria s'era fatta pungente. La pelle nuda del collo, delle spalle, si era increspata dai brividi. I nostri vestiti – corti, raffinati – sembrarono in quel posto un bizzarro esubero. Subito avevano acceso gli sguardi, allargato i sorrisi. Qualcuno era venuto verso di noi a presentarsi.

Erano ragazzi più grandi. Alcuni di loro dimostravano più di vent'anni. La voce era solida, impostata. L'aspetto severo.

Bruna, al nostro fianco, aveva commentato ognuno di loro. Di alcuni aveva detto: Questo è il cugino, questo è il fratello. Il tono fu lezioso, compiacente. Sembrò che ci avesse promesso in premio a qualcuno. Che fossimo lì per farci ammirare.

Forse per questo, mentre Enza già parlava, io pensavo di voler andar via. Desideravo rimettermi a letto, addormentarmi, aspettare nel sonno che passasse la notte.

La miseria di quel posto mi respingeva. I rumori mi erano intollerabili: il vociare confuso, indistinguibile, lo sbatacchiare di una porta insospettata, una musica stridente, da discoteca.

Enza invece si mostrò interessata, a tratti entusiasta. Avevo sperato che oltre il suo sguardo febbrile ci fosse il mio stesso timore, invece la vidi esprimersi con voce allegra, fare domande, afferrare una birra, berla in un sorso, dire: È tutto bello.

Ma che hai? disse colpendomi il braccio. Intanto guardava Massimo davanti a noi che apriva una bottiglia maneggiandola come un fucile. Fece anche il suono: pum-pum-pum, e stappò in un gran botto.

Io dissi: Niente, niente.

Sei strana, sentenziò lei in un fischio lamentoso.

Subito dopo parlavamo con Antonietta. Giovanissima, quasi bambina, il viso rovinato dall'acne. In mano teneva una sigaretta al mentolo, disse che non faceva male al bambino.

Disse anche altre cose che accesero le nostre facce: a Enza consigliò una dieta a base di acqua e aceto di mele, poi un rimedio di bellezza, un uovo sbattuto sui capelli per farli lucidi come il metallo. Parlava un dialetto stridente, ogni frase che le usciva di bocca pareva masticata insieme al vetro.

Quando le chiedemmo del neonato disse che lo aveva lasciato alla madre. Alla sera le faceva la grazia di guardarglielo ma lei non era mai tranquilla, già la notte lo rivoleva indietro per baciarlo tutto. La sola idea di dormirgli lontana le riempiva la testa di pensieri cattivi. Il suo fidanzato, un certo Lucio, era corso via appena appresa la notizia, così da quando era diventata madre sapeva almeno una cosa: si fa prima a non fidarsi di nessuno, a non aver bisogno di nessuno.

L'aria intanto si era come animata. La musica batteva adesso più forte, le voci erano grosse, infervorate. S'era alzato un odore fortissimo di caldarroste o di gomma bruciata.

Bruna parlava concitatamente sottovoce con Enza. Intanto succhiava mentine di zucchero colorato. Le guance incavate, come punte da uno spillo.

I ragazzi si muovevano con velocità da una parte all'altra della stanza, parlavano in dialetto. Ogni tanto lanciavano grandi occhiate d'intesa dalla nostra parte.

Alcuni sembravano manovrati da fili. Venivano a offrirci

da bere e da fumare. Si sforzavano di essere spiritosi. Facevano commenti sui nostri vestiti, sulle scarpe. Chiedevano di continuo: Perché non ballate?

Anche i nostri amici si strinsero presto attorno a noi. Ostentarono affetto, benevolenza. Si profusero in complimenti che rasentavano la devozione, oppure l'impostura. Vollero tutti guardare la caviglia di Enza. Il modo in cui s'erano rimarginate le ferite. Ricordarono l'orribile suono del vetro, ma anche le risate di quella sera.

Ci siamo proprio divertiti, dissero. Il tono era sincero.

Già sui minuscoli motorini era tornata la confidenza dell'ultimo incontro. Nel tragitto avevamo costeggiato il mare. Le bouganville di notte, inutilmente fiorite. Il paese muto, deserto. Il saldo profilo dei lampioni ischeletriti che tagliava a ogni metro la strada. Poi il viale tortuoso che da lì s'arrampicava su per la vallata.

La notte era sembrata gigantesca. Gigantesco era il posto in cui eravamo adesso.

Forse fu questo a calmarmi: c'erano molte cose in cui dissolversi.

13.

C'era stato un momento, quella notte, in cui mi ero detta: Ecco, è questa la vita.

Parlavamo tra noi con facce di spettri. Gli occhi affossati, neri sui bordi. La bocca secca, asciutta, eppure scioccamente sfrontata. Arrivavano dal nulla violente convulsioni di riso. Allora ci accasciavamo sulle gambe, la fronte raggiungeva le ginocchia. Lì ridevamo quasi nascosti, con le spalle contratte e tutte fremiti. Ci rialzavamo in un guizzo, rossi in faccia, con gli occhi schiusi appena e un velo acquoso nello sguardo.

Nessuno aveva bene idea di cos'avesse bevuto o fumato. Le dita formicolavano, come mosse all'interno da tanti piccoli insetti. La testa girava. Sembravamo sassolini in tasca a un uomo che corre.

L'aria s'era fatta morbida, inconsistente. Era più facile cercarsi, abbracciarsi. Scherzare l'uno con l'altro anche senza confidenza. Muoversi nel tramestio di passi e corpi e sedie. Provare anche a ballare, fare altro rumore.

Bruna ondeggiava da una parte all'altra come una vespa. A tutti rivolgeva la sua supplica: Balla con me. Oppure inventava domande insidiose.

Chiedeva: Qual è il tuo segreto? La cosa inconfessabile, il peccato altissimo.

Seguiva un misterioso scambio di battute. Nuove risate fragorose.

Venne anche da me. Con gli occhi furbi disse: Dimmi il tuo segreto, io ti dirò il mio.

Poi aspettò. Le braccia finemente conserte, le labbra piegate in un sorriso perenne.

Il tono era scherzoso, lo stesso sentii stringermi il cuore.

In mente tornarono come fantasie ardenti le notti in cui da bambina avevo lasciato che Enza mi accarezzasse. Il piacere che era stato un pugno improvviso sullo stomaco. Il buio. Tutte le cose accadute nel buio che adesso guardavo con malizia adulta.

Alzai le spalle, dissi: Non so, ma la bocca tradì uno spasmo, un tremore leggero.

Bruna incattivì il volto. Disse: Bugiarda, e io annuii sapendo che aveva ragione. Non si aspettava che dicessi altro. La sua era una rabbia tiepida, si spense velocemente. Infatti già si guardava attorno. Cercava nuove cavie per le sue domande. Vidi l'attenzione che prestava altrove. Il modo in cui muoveva veloce la testa da una parte e dall'altra. Nei suoi occhi luccicava un riflesso minaccioso.

Prima di andare via, per misteriose ragioni e senza che glielo chiedessi, mi raccontò in un orecchio della volta in cui aveva lanciato contro sua madre un coltello da cucina ferendola a un palmo.

Volevo ucciderla, disse in un tono da commedia.

Perché?

Perché no?, e fece l'occhiolino.

Poi tornò seria. Mi disse: Le madri scavano abissi – precipizi, burroni – e noi figlie ci cadiamo dentro per tutta la vita.

Appena pronunciate quelle parole scappò via.

Enza la seguiva con gli occhi. Intanto giaceva immobile su una sedia, la bocca le vibrava come se cantasse ma senza emettere suoni. Le gambe erano lunghe e nude, protese in avanti. Erano gambe di una gigantessa, mosse ogni tanto da un brivido, quasi un singhiozzo.

Quando lei e Bruna salirono sul tavolo a ballare nessuno

le perse di vista. Belle, bellissime. Pure brave. Così mormorava qualcuno dal basso. Altri applaudivano con mani e piedi.

Mirco aveva occhi vivissimi. Guardava ora l'una, ora l'altra. Ogni tanto si sbracciava verso di loro per segnalare la sua presenza. Appena scesero fu il primo a farsi vicino. Le prese entrambe a ballare facendole girare sui talloni. Poi restarono a chiacchierare in un angolo, quasi in disparte.

Vidi che Bruna gli stringeva una mano. Mi domandai che valore avesse quel gesto. Forse nessuno. Infatti sciolse presto la presa, preferì sistemarsi i capelli. Disse qualcosa che fece ridere gli altri due. Poi si defilò col viso allegro.

Raggiunse Renato, Davide e Simone che litigavano come gatti per chi dovesse scolarsi l'ultimo sorso di sambuca. Insistette perché Simone imbracciasse una chitarra squinternata e suonasse qualcosa. Lo pregò con gli occhi languidi. Alla fine ottenne ciò che aveva chiesto.

In poco tempo ci ritrovammo in cerchio a cantare. Strofe amorose perlopiù, ma anche cori di paese che imparammo quella sera.

Cantavamo come in sogno, con la bocca stretta a seguire una nota oppure sgolandoci, aprendo vocali come imbonitori da fiera.

Tonino, che per tutta la sera era sembrato di malumore, mi aveva chiamato a sedergli accanto. Appena fummo vicini disse: Finalmente. Lo sguardo era lagnoso come quello di un bambino viziato. Attorno alla bocca aveva baffetti radi e peluria.

Confessò di essere offeso.

Sei sparita, disse.

La voce era acerba e nasale. Le sue dita secche indugiavano tra il bicchiere che teneva in mano e me. Alla fine si convinse ad abbracciarmi e lo lasciai fare.

Accadde, forse, lì. Mentre mi teneva sottobraccio e tutto intorno era uno sfarfallare di teste e mani. Accadde mentre una bottiglia si infrangeva per terra, e i pezzi schizzavano intorno riverberando guizzi di luce verde. E intanto si rideva e si scherzava. Si cantava: *Generale, dietro la stazione / Lo vedi il treno che portava al sole.*

Accadde mentre Mirco strizzava in un angolo i seni inesistenti di Enza e tutti speravamo in qualcosa: un tuono, un boato, un incendio. Una scusa per toccarci anche noi. Per scappare insieme.

Accadde in quel momento.

Mi dissi: sono viva. È questa la vita. È sicuramente questa la vita.

Colpa

1.

Al risveglio mi dolevano i polsi. Spostai la testa da una parte all'altra cercando un angolo fresco, invece fui sommersa dal caldo. La luce del giorno aprì entrambi gli occhi come ferite fresche. Guardai il piccolo orologio da muro sulla mia testa, erano le dieci passate. Quando mi voltai verso il letto di Enza avvertii una fitta dura dentro il petto. Per un attimo avevo creduto di scorgere l'onda morbida dei suoi capelli. Invece trovai il suo spazio bianco e vuoto, il lenzuolo ancora rigido di stiratura.

Cominciai a sudare. Sentii il bisogno di spogliarmi. L'abito di Enza adesso mi stringeva le spalle e il torace, al punto che temetti di squarciarlo.

Non era stato un sogno.

Pensai alla notte passata e alle cose che avevo creduto di vedere. Tra quelle c'era il movimento ondoso di biscia, di murena, sotto al vestito di Enza. La stoffa leggerissima, curiosamente tesa al passaggio di braccia, di mani.

Nello sforzo di ricordare concentrai lo sguardo. Le dita di Mirco s'intuivano sotto al tessuto. Il breve solco tra l'indice e il medio ospitava il piccolo seno senza difficoltà. Da dov'ero mi era sembrato di sentirne il calore. Un ribollio lento che saliva dalle gambe e continuava fino alla pancia.

Lei si divertiva. Rannicchiata sull'unico divanetto della sala, ogni tanto erompeva in un sorriso largo che le liberava i denti. Un sorriso luccicante, come appena inverniciato.

Ricordai il bacio senza rumore che mi aveva mandato mentre era ancora tra le braccia di Mirco, un attimo prima che una confusione di balli me li togliesse dalla vista.

Adesso che il suo letto era spoglio, me la figuravo a quel modo e quasi pensavo: è lei che l'ha voluto.

Mi alzai controvoglia guardandomi rapidamente attorno. Sentivo la pelle cuocere. Il disordine della sera prima era ancora tutto lì: i vestiti che avevamo provato e subito mollato al pavimento, le borse e le scarpe. Le scorze d'arancia che Enza aveva lasciato imputridire dentro a un bicchiere d'acqua. Sulla scrivania, i suoi appunti frettolosi d'una calligrafia illeggibile. La scrittura obliqua, con le q sbarrate in mezzo e le vocali alla greca. Pensai che se li avessi fissati abbastanza a lungo, Enza sarebbe riemersa da lì gridandomi di non guardare. Avrebbe perso la pazienza e mi avrebbe urlato contro. Mi avrebbe strappato di mano i suoi fogli. Come osi, avrebbe detto.

Non accadde.

Setacciai velocemente il resto della stanza. Confrontai i letti: il mio increspato dal sonno col lenzuolo che cadeva di lato come una tenda rotta, il suo ancora liscio e senza balze. Mi affrettai a scomporlo. Finsi, sedendomi appena, il peso esiguo di Enza. Con i pugni strinsi il cotone ancora fresco al tatto. Non contenta sistemai il cuscino sotto a una coperta. Inventai in uno spessore minimo il suo corpo ancora addormentato. Mi preparai alla menzogna.

Se fosse entrata Angela, mi dissi, avrei indicato il fantoccio sul letto anticipandola sui passi. Con l'aria malsicura avrei detto: Andiamo via, non svegliamola.

Tra le ipotesi paurose che mi affollavano la testa, quella era la più temibile: che Angela aprisse la porta e scoprisse l'inganno, che si mettesse a cercare ovunque la figlia scomparsa. Che mi accusasse di incoscienza per averla lasciata andare.

Non mi restava che evocarne la presenza a quel modo: fingendo che fosse ancora muta e sonnolente, nascosta dentro al letto come un'infante.

Passò un'altra ora senza che riuscissi a muovermi. Dalla cucina intanto arrivavano rumori di lavatura, rubinetti sgorganti e un tintinnio di piatti. Mi chiesi quanto ancora sarebbe durata. Non troppo, lo sapevo. Angela mal tollerava le dita bianche e ammollite dall'acqua. Presto avrebbe scelto di dedicarsi ad altro.

Non mi sbagliavo. Il rumore andò gradatamente sparendo nel giro di poco. Ce ne furono altri: un cigolio di persiane, lo squillo del telefono, la sua voce in lontananza morbida come un lamento.

Quando dovetti uscire lo feci camminando come un granchio sulle punte. Per tutta la mattina avevo combattuto un dolore al ventre che premeva e premeva. Adesso non riuscivo più a trattenermi. Controllai l'ingresso della stanza, mi affacciai sul corridoio. In silenzio arrivai fino al bagno e mi chiusi dentro.

Intanto immaginavo Angela in agguato. Me la figuravo mentre penetrava nella nostra stanza e cominciava a svegliare fantasmi.

Fu in quel momento, mentre ancora vuotavo la vescica, che sentii una porta vicina sbattere.

Ci siamo, mi dissi. Ecco che cominciano i guai.

2.

Quando la notte prima avevo lasciato la festa, non avevo pensato nemmeno per un secondo alle conseguenze. Mi ero voltata verso Tonino fingendo di dedicargli nuove attenzioni e gli avevo ordinato: Portami a casa. Ormai era chiaro che a Enza non importasse. Mancava dagli spazi comuni da almeno due ore. Qualcuno l'aveva vista infilarsi insieme a Mirco dentro a una stanza grande come un armadio, e lì era sparita. Me l'avevano raccontata così: allegra e ubriaca, la voce sottilmente agra, le guance rosse come pesche mature. Quando la sala aveva cominciato a sfollarsi, la sua assenza mi era sembrata un abbandono e non avevo resistito. Per un poco mi ero augurata che mi spuntasse alle spalle. Che dicesse: Eccomi qui, sono tornata, balliamo insieme. Invece il tempo passava e di lei neanche l'ombra.

Avevo lasciato la cantina agitata come non mai, guardandomi ogni tanto indietro, sperando di cambiare idea. Solo fuori mi ero resa davvero conto di quanto lontano fossimo da casa e dal mare. Il breve vialetto su cui ci trovammo affacciati aveva in orlo un dirupo alberato. Si vedeva in lontananza l'intera baia, mentre il paese si scorgeva appena, quasi che il buio l'avesse inghiottito in un morso.

Da lì scivolammo lungo la strada scoscesa e tutta curve in sella a un vecchio scooter malandato. Prima di salutarci, Tonino mi lasciò una parvenza di bacio in un angolo della bocca e subito scappò via.

Rientrai facendo pianissimo. Con l'ansia che pulsava in gola raggiunsi la stanza in cui dormivamo e mi chiusi la porta alle spalle. Non respiravo. Udivo ancora nelle orecchie il motore malfermo e strombettante che mi aveva portata lì, la musica di tutta una sera. Un suono basso, di tamburo, che copriva ogni silenzio. Il cuore intanto scalpitava, non riuscivo a calmarmi.

Adesso che ero lontana, volevo un qualsiasi indizio sulla vita di Enza: cosa stava facendo? Era ancora chiusa lì dentro? Si divertiva?

Sopraggiunsero i sensi di colpa.

Mi prese il timore che le fosse successo qualcosa. Quando avevo scelto di andarmene ero certa che Enza mi avesse trascurata per leggerezza oppure per egoismo: era tranquilla e contenta, non occorreva preoccuparsi di me. Ora invece cominciavo a pensarla in difficoltà. Caricai la storia di nuovi dettagli. Tornai al momento in cui l'avevo persa di vista: un attimo prima era lì, accoccolata sul divanetto e pronta al riso, e l'attimo dopo era sparita come in un gioco di maghi.

Le mie paure accesero scenari deliranti. Me la figurai legata, mani e piedi, al buio di una stanza. Urlante, con gli occhi infuocati che le prudevano. Oppure già morta, uccisa, assassinata, seppellita.

Era quello che ci raccontavano delle ragazze tanto sciocche da gradire gli inviti dei maschi: le sfortunate venivano fatte sparire così, senza che nessuno si accorgesse di niente. Al mattino le cercavano già senza speranza, come si cercano i segnali mandati in sogno dai morti.

Mi spaventai. Avrei voluto fare una cosa semplice come mettermi a sedere sul bordo del letto e aspettare, oppure dormire, calarmi in un sonno profondo e scoprire al risveglio che Enza mi giaceva accanto. Invece l'ansia mi pungolava i fianchi e la schiena e non riusciva a darmi tregua. Camminai avanti e indietro tra i nostri letti. Presi in mano i suoi libri. Li sfogliai come se cercassi qualcosa tra le pagine. Lessi le cose che Enza sottolineava: non solo frasi buone per incartare cioccolatini, anche parole speciali che cerchiava in rosso e in blu. Tra le prime trovai: *consolazione*, *reliquiario*. Subito sopra un appunto a matita: *le nostre case e i nostri oggetti: un reliquiario bellissimo*.

Qualcosa di duro come la nostalgia mi prese lo stomaco. Mi ricordai della giostrina luminosa coi cavalli che s'incalzavano all'infinito rimanendo l'uno in fila all'altro. Pure lì sopra, Enza bambina gridava: Ho vinto, ho vinto io.

Adesso cos'era accaduto? Era rimasta da sola sui cavalli che correvano in cerchio.

E chissà se urlava ancora: Ho vinto io.

A furia di elucubrazioni persi il contatto con il presente. Mi ritrovai a rovistare fin dentro al suo armadio, a saggiare senza accorgermene la stoffa dei suoi vestiti. Com'era dolce e morbida. Un'altra pelle. Ecco gli involucri delle ragazze: accesi e brillanti come costumi fatati. Tra quelli scelsi il migliore: un abito azzurro pieno di ricercatezze, nastri rammendati sulle spalle, grosse nappe setose per cintura. Lo indossai come si indossano i vestiti nei negozi, credendo di sciuparne la forma al primo tocco, lasciando passare prima un braccio, poi l'altro.

Quando mi guardai allo specchio mi trovai affollata di bellezza e per la prima volta senza occhiaie. Il viso sgonfio, e un colorito da fanciulla. Sfoderai un sorriso beato che non era il mio. Persino i denti parevano bianchi e raddrizzati, gli incisivi spaziosi, improvvisamente allineati tra loro. Mi dissi: come le somiglio.

Allora feci la prima cosa che mi venne in cuore. Mi avvicinai all'immagine riflessa contemplandone ancora l'aspetto, e quando fui a un passo ci poggiai sopra la bocca.

Un bacio fresco, freschissimo, prima di cadere nel sonno.

3.

La porta che sbatté mentre mi trovavo in bagno era quella della camera in cui dormivamo. Ne ebbi la certezza sentendo il cigolio che s'invigoriva a più riprese prima che quella si aprisse del tutto. A quel punto ero spacciata. Mi dissi: tanto vale arrendersi e non tirarla per le lunghe. Angela avrebbe scoperto tutto e presto avrebbe chiamato anche i miei genitori. Parole pietose e suppliche non sarebbero servite. La vacanza che avevamo sognato si era guastata per una sciocchezza, e chissà su quale castigo avrei perso le notti e il sonno.

Mi vennero in testa le bambole confiscate dell'infanzia. Una su tutte, col viso bianco come un panno lavato e una frangetta riccioluta di capelli scuri. A lungo avevo pianto. La mia bambola, dicevo, ridatemi la mia bambola. E mentre strillavo lamenti e battevo i pugni, immaginavo i suoi occhi di vetro a guardarmi dagli armadi più alti.

Un pensiero mi strinse il cuore: da quale luogo altissimo mi guardava adesso Enza?

Non fu il coraggio a farmi uscire di lì, piuttosto il contrario: l'idea codarda che la mia resa volontaria avrebbe addolcito anche la pena. Mi dissi: racconterò tutto per filo e per segno, dov'eravamo e con chi, cosa facevamo l'attimo prima di perderci. Alzerò le braccia al cielo dicendo: Non ho colpe, credetemi. Vi guiderò dove l'ho vista l'ultima volta.

Intanto mi sforzavo di ricordare la strada che portava alla

cantina. Andavo avanti per piccoli punti certi: l'insegna gigante di una stazione di servizio, quel cane a sei zampe che sputava fuoco, il primo ad avvertirci: Non andate. C'era poi la bouganville grande come la notte, le fronde larghe sulla via impedivano il passaggio. Anche quella diceva: Fermatevi. E ancora, quel tratto lungo con l'asfalto franoso, la grossa buca che voleva inghiottirci.

Bisognerebbe dare ascolto ai segnali. Solo adesso me ne rendevo conto: ogni cosa quella notte gridava per farci scappare.

Attraversai il corridoio trafelata, a passi incerti. Presto sentii la voce di Angela e mi venne di cadere. Tutto ciò che mi ero ripetuta in testa un attimo prima, ora vacillava. Non ero più sicura di niente. Varcai la soglia della camera con le gambe che tremavano. Ogni parte di me era mossa dall'agitazione. Ero pronta a dire: Scusa, scusa, scusa. E infatti entrai con le mani in avanti a fare da scudo.

Poi la vidi. Il viso di porcellana, i capelli irti come setole di grano. Enza era lì. La mia bella bambola sfuggita alle altezze.

Parlava a sua madre. Insieme discutevano del sonno faticoso e dei muri sottili che traspiravano umido e muffa. Era in sorte alle pareti di quella casa muoversi come acqua ribollente. Gonfiarsi e sgonfiarsi a ogni cambio di temperatura. Trovare pace col solo vecchio rimedio: il sale aggruzzolato nei piatti e nei secchi. Angela disse che ne avrebbe preso un mucchietto per quella stanza, in un giorno avrebbe seccato l'aria.

Uscendo urtò il mio braccio e fu lei a chiedere scusa. Allora respirai davvero. Mi sentii rinfrancata. Le immagini cattive della testa si spensero in un istante.

Enza e io ci guardammo velocemente.

Come sei entrata? chiesi in un filo di voce.

Lei abbassò la vista fino a che le ciglia le toccarono le guance. Col mento indicò la finestra socchiusa. Mi sembrò che ridesse, invece no. I margini della bocca erano puntati in alto da un ghigno malizioso. Somigliava improvvisamente alle ragazze che altrove avrei disprezzato. Scioccamente sicura di sé. Quasi smorfiosa.

Perché non andiamo al mare? chiese.

Un attimo dopo tratteneva con la mano il peso di una borsa dondolante. Dentro aveva sparso parecchie cianfrusaglie e un telo da spiaggia gigante. La postura era quella di sempre, solida e fiera, il corpo avvolto da un prendisole minuscolo.

Il permesso di uscire era arrivato facilmente e senza discussioni. Non erano servite preghiere. Era bastato forse l'irragionevole biancore del viso, oppure le occhiaie spesse, per far dire ad Angela: Sembrate malate, andate a prendere un po' di sole ma tornate presto.

La notte di festa restava un segreto. Ce lo portammo appresso fino al dorso ciancicante della spiaggia. Lì ci liberammo dei pochi vestiti, della borsa. Subito entrammo in mare. Un tuffo svelto: il primo dopo l'incidente. Enza controllò più volte la caviglia. Alzò la gamba sul pelo dell'acqua. Disse che non sentiva più niente, solo prurito.

Attorno a lei si allargarono pigri cerchi d'acqua e il residuo oleoso di una crema antibiotica.

Perché sei andata via stanotte? chiese Enza con gli occhi fissi all'acqua intorbidita. Poco lontano da noi si andava formando una scia schiumosa come di quelle lasciate dalle navi. Dal nulla erano comparsi legnetti sottili e cenere. Non si riusciva a vedere il fondo.

Tu non c'eri più, dissi con la voce incerta.

Lei annuì. Con il palmo della mano bene aperto sospinse un ricciolo di corrente. Poi cercò il mio sguardo.

Disse che lo aveva cercato anche quella notte senza trovarlo.

Ma questo era successo dopo.

Prima e dopo: i soli ganci a cui volle appendersi.

Prima, dunque, c'era stata l'allegria frivola della vicinanza. Una ragazza e un ragazzo, alti, giovani, belli. Quando erano rimasti da soli si erano guardati con gli occhi infiammati.

Zitti, in silenzio. Un silenzio di formica, di lavorio sotterraneo. Poi avevano riso: per l'imbarazzo, per le mani nervose, voraci. Si erano abbracciati con maggior forza. Lui aveva abbracciato lei. Lei aveva mosso le labbra in una specie di sorriso, eppure era rimasta immobile. Vedeva a distanza la piccola folla di sguardi, regolava il respiro. Intorno c'erano rumori, canti, voci, un brusio di esseri animati, come di piccole mosche intrappolate. Aveva detto: Non qui.

Allora si erano sciolti dall'abbraccio, avevano cercato un angolo nascosto.

Uno sgabuzzino, un mondo in miniatura.

La porta fu chiusa forse per sbaglio, con maldestrezza. Lì dentro non c'era una luce, ma poco importava.

Il suo vestito brillava anche al buio.

Chi l'aveva vista uscire da lì avrebbe poi raccontato delle sue guance rosse, di un rosso da mollusco. Del modo in cui la mano aveva ripulito in fretta il trucco. Dell'abito ancora sformato come se ci avesse dormito dentro.

La festa intanto era come sfiorita. Per terra erano solo noccioli secchi, bicchieri di plastica schiacciati, chiazze di birra scura. Gli spazi tutt'a un tratto più vecchi, più sudici, come marciti nella sua assenza. Faceva caldo, improvvisamente caldo.

L'aria riempita di un vapore opaco, del bianco della seppia viva.

4.

Uscendo dalla cantina le si era profilato il paesaggio che all'andata avevamo ignorato.

Lo riconobbi nelle sue parole: lo stesso vialetto di terra battuta che anch'io andandomene avevo attraversato, poi il guardavia rugginoso in cima al pendio, il mare lontanissimo.

A quel punto fu come rivivere quel momento insieme a lei.

Quasi la vidi mentre azzardava passi da ubriaca sottobraccio a Bruna, fermandosi ogni tanto a controllare la caviglia indolenzita, mormorando parole minuscole, vaghe come la notte appena trascorsa.

La sentii persino scivolare a terra, un tonfo sordo e preciso, simile al rumore di una pigna caduta. E subito scusarsi, dire: Sto bene.

Quando Bruna l'aiutò a sollevarsi, lei provò a sottrarsi, disse che doveva andare in bagno.

Allora Bruna le afferrò il polso, le disse: Vieni. La voce acida come il bruciore alcolico che entrambe sentivano nel petto.

Enza la seguì senza esitare.

Un attimo dopo erano entrambe accovacciate all'ombra di una siepe. I vestiti alzati sulle cosce, le mutande scostate su un lato.

Sotto di loro, un rigagnolo di piscio s'allargava verso la strada.

Ecco fatto, aveva detto Bruna alzandosi per prima.

Poi s'era messa composta davanti a Enza, le mani sui fianchi come di chi attende spazientito. Allora aveva cominciato a interrogarla.

Cos'è successo? aveva chiesto con le sopracciglia che quasi si toccavano e un sorrisetto torvo.

Enza aveva mosso la testa ma senza parlare.

Bruna insistette ancora: Cos'è successo? Lì dentro, con Mirco. Cos'è successo?

Gli occhi le dondolavano da una parte e dall'altra come altalene mosse dal vento.

Allora Enza rischiarò la voce, alzò le mani, disse: Niente. Non è successo niente.

Per un'ora ancora rimasero in bordo al precipizio alberato, guardando in lontananza il paese accendersi al primo sole.

Da lì sopra la terra diventava un altro cielo.

Le barche a remi abbandonate alla spiaggia parevano stelline bianche. L'alba ne accendeva il dorso e ogni cosa attorno luccicava come d'argento.

Bruna aveva un'aria febbrile. Commentò sovraeccitata la baia, disse che era un peccato vivere al mare e che il mondo va guardato sempre da un'altezza.

Un punto come quello, dove le cose gigantesche diventano in un colpo piccole come formiche o modellini da gioco. Dove non si scorgono gli interni marcescenti delle case, i corridoi stretti e angusti come budelli, le dispense svuotate come stomaci digiuni. Dove non si sente un suono oltre il frinire lagnoso di grilli. Dove non ci sono televisori accesi a coprire disperazioni.

Allora si voltò verso Enza, col gomito risvegliò il suo interesse, poi si avvicinò ancora, il viso a un palmo dal suo. Così erano rimaste: immobili, i nasi quasi uniti, tanto da sparire alla vista.

Enza aveva cercato di ridere, ma il verso che le era uscito di bocca somigliava più a una tosse goffa, piena di insicurezze.

Nelle parole di Enza, Bruna le stava incollata alla faccia

come un qualsiasi maschio che è sul punto di baciare una femmina. Poteva sentirne il respiro, che odorava di vino e di birra e di strofinacci da cucina impregnati d'acqua sporca. Qualcosa, di quell'odore, le ricordava sua madre, certi golfini invernali dimenticati negli armadi.

Forse per questo fu lesta a scostarsi.

Un movimento veloce del capo, come se provasse a sfuggirle.

Intanto si lambiccava la testa con pensieri storti.

Aveva creduto che Bruna potesse avvinghiarla in una stretta amorosa e rubarle a quel modo un bacio. Un bacio che non era il bacio di un'amica. Un bacio che portava addosso la vergogna.

Così aveva tentato un rapido giro del busto fingendo interesse per il panorama e indicando col dito un punto lontano. Un movimento insulso, come guidato da un corpo estraneo. In un attimo le aveva offerto la schiena.

Allora la voce di Bruna si era fatta aguzza. Con quella volle pungerla nel modo che sapeva lei.

Non mi hai ancora detto il tuo segreto.

Basta con questa storia.

Coraggio, dimmi il tuo segreto, io ti dirò il mio.

Poiché Enza non parlava, Bruna si strinse alle sue spalle come un'ombra.

Parlandole tra i capelli disse: Va bene, comincio io. Anch'io ho baciato qualcuno stasera.

Chi? domandò Enza di colpo rinfrancata.

Non te lo dico, rise. E intanto anche lei si voltava, non la guardava più.

Quel racconto mi fece male.

Avevo anch'io, la sera prima, spiato gli occhi famelici di Mirco. Il modo in cui furtivamente badava alla posa elegante e soffice di Enza. La stupida commediola del corteggiamento: le occhiate improvvise e vivaci, l'umorismo sforzato, i tempi di preparazione, l'attesa.

Avevo visto lei: le spalle palpitanti, le cosce alte, insolitamente allegre, il petto gonfio di vanità. La fierezza infantile con cui aveva guardato me, poi Bruna. La scaltra recita con cui abbassava lo sguardo e lo rialzava.

Avevo assistito allo spettacolo inquieto delle coppie che si uniscono.

Per tutta la serata mi ero detta: se fosse successo a me.

Se il maschio più bello della festa avesse guardato me per prima. Se mi avesse sorriso a quel modo, col volto acceso e furbo. Se mi avesse, questo maschio, tolto con una brutta barzelletta dall'impaccio del silenzio. Se mi avesse abbracciata, stretta, baciata.

Ipotetiche tronche, rotte, spezzate. Desideri dilaniati dall'invidia.

Il pensiero che a Bruna fosse accaduto lo stesso aveva moltiplicato il dolore.

Mi aveva portato dove vorrei non rimettere un piede. Un salto indietro, ed ero la bambinetta di un tempo: invisibile, astratta, incapace di tirarsi dietro baci e sguardi.

In mente interrogavo i filosofi, i sapienti: che importa chi siamo, ditemi chi diventiamo quando nessuno ci guarda. Se ancora esistiamo. Se ancora possiamo dirci vivi.

Quando rientrammo a casa dal mare, Enza si sdraiò sorniona sul letto.

Mi disse: Chi se l'aspettava un'estate così.

Rivelò che fino a prima di partire la paura di annoiarsi l'aveva consumata d'angoscia. Adesso invece pensava tutto il contrario.

Ammise che quella mattina aveva pizzicato l'idea di non tornare.

Persino quando l'avevano riaccompagnata, arrivata quasi in fronte all'ingresso si era mossa indietro, poi era corsa verso la spiaggia.

All'alba, il mare aveva compostezze da signora. Fermo e immobile, di un colore quasi bianco. Lì davanti aveva cominciato a camminare avanti e indietro in preda al turbamento. Sentiva nel cuore un'elettricità nuova. Non sapeva dire se fosse una tristezza profondissima oppure un'esplosione di allegria.

Rigirandosi sul materasso ricordò la gatta che avevamo portato in quella casa estiva da bambine. Il modo in cui per giorni l'avevamo pettinata e vestita e ingozzata di pane e di carne. Il suo pelo ruvido e folto. I grossi fianchi.

Dicevamo che se fosse ingrassata con noi non ci avrebbe lasciate.

L'avremmo per sempre baciata e abbracciata come una figlia. Costringendo al petto la piccola testa. Non riuscendo a contenere l'affetto. Dando sfoggio di premura, di sforzo.

Ricordai anch'io: al primo tentativo di fuga le costruimmo attorno una gabbia di lenzuola e sedie. La tenemmo lì per giorni, spiandone i movimenti da una fessura sottile, pizzicandole ogni tanto il muso con le dita. Pronunciando sottovoce ricatti amorosi: Se fai la brava ti lasciamo libera.

Intanto dicevamo: È nostra, è nostra. Non scappa più.

L'urgenza di amare era già allora la cosa più viva, la più feroce.

5.

Quel pomeriggio accompagnammo Angela giù per la discesa del piccolo cimitero, fino al punto in cui la strada si chiudeva a testa di spillo su un cerchio di terra recintata.

Già dalla mattina, Angela lamentava fitte pulsanti alle spalle e alla schiena. Parlava a ripetizione di come l'umidità della casa danneggiasse le ossa, e pure di come sigillasse le porte e le finestre, dello spreco di energie che era aprirle al mattino.

Solo un mese prima aveva discusso con mia madre l'opportunità di acquistare il bilocale di fianco per farne un appartamento più grande, mentre adesso l'attenzione era tutta sui muri invecchiati male, sugli infissi crepitanti, sul sentimento di pietà che si era abbattuto sul resto.

Il giorno che avevamo messo piede in quella casa s'era divertita a tirare fuori dagli armadi le vecchie sue vestaglie, le antiche scarpe.

Ogni angolo le aveva ispirato un ricordo: nostra nonna piegata sul tavolo a riempire un quaderno, nostro nonno inginocchiato a pregare ai bordi del letto. Lei e sua sorella da ragazze: lo sguardo impetuoso della disobbedienza, del divertimento. Quando una gonna più corta bastava a infiammare la curiosità di un paese e il sogno di tutte era di vivere la vita delle attrici. Loro da spose e poi da madri, quando alla sera si litigava per chi prendesse il letto e chi la branda. E per chi dovesse far da mangiare ora che la famiglia era come espansa, e i due mariti mangiavano per tre, per quattro.

Erano giorni d'estate anche quelli. Si rideva battendo le

mani, ogni cosa era tramutata in festa. Gli adulti si sfidavano a carte, vincevano e perdevano soldi. S'incollerivano presto ma erano anche facili al riso. Sbollivano la rabbia nei bicchieri di grappa, nel fumo delle sigarette che riempiva ogni cosa.

Come le sembrava lontano quel tempo. Poche ore prima al telefono con mia madre aveva detto: Non puoi crederci, è tutto da rifare.

Adesso reggeva in braccio vasetti di gerani viola e rossi. Dava ordini a noi ragazze per come disporli. Due qui davanti, gli altri sui lati, diceva.

Al centro, un unico listone di pietra s'alzava come un dente da una bocca. I nomi intartariti lì sopra erano quelli dei nostri nonni. Pure le facce erano le loro, così come le ricordavamo, solo più serie, immusonite.

Angela represse con la mano un piccolo spasmo degli occhi. Accarezzò la testa di Enza, poi la mia. Per evitare che la sofferenza cominciasse a sformarle la faccia mimò un sorriso acceso e tutto denti. Subito disse: Coraggio, andiamo, s'è fatto tardi.

Nella via del ritorno evocò con grande felicità una foto in cui lei e mia madre se ne stavano sdraiate per terra in costume e occhiali da sole lungo quel tratto di strada.

Era la foto di due belle adolescenti: una magra, magrissima, col viso insolente e la testa buttata all'indietro come in una pubblicità di cosmetici, l'altra rotonda e accigliata, con un piglio da bambina viziata. I capelli erano identici: scuri e crespi, con due frangette arricciate sulla fronte. Era l'estate in cui passavano ore a spazzolarsi con violenza per liberarsi dall'odore di tabacco.

Com'eravamo sceme, disse ridendo.

Raccontò poi quella storia – che già sapevamo – dell'uomo in maniche di camicia che voleva caricarle su un'auto fino a Roma con la promessa di renderle famose come dive.

L'uomo aveva lunghi baffi e occhi rotondi come lenti di un binocolo. Le aveva guardate a lungo con avidità. Poi si era avvicinato, aveva detto qualcosa sul bisogno di allontanarsi dai piccoli luoghi – dai paesi, dalla provincia. Si era guardato attorno, aveva poggiato le sue mani e i suoi polsi sulle gambe di Angela e aveva detto: Che ci fanno due belle così in un paese come questo?

Le due sorelle si erano scambiate uno sguardo da comari. Forse avevano riso compiaciute. Era stata poi mia madre a rifiutare energicamente l'invito.

Subito s'era tirata Angela per un braccio. Aveva urlato: Grazie e arrivederci.

L'altra l'aveva guardata dubbiosa ma confortata. Lo stesso l'aveva seguita senza indugio. Nell'allontanarsi si erano voltate indietro di tanto in tanto.

L'uomo era sempre lì, fermo. Il naso in aria e la bocca aperta come chi è appena stato interrotto nel parlare.

Il giorno dopo si erano svegliate con la notizia della scomparsa di una loro amica, una certa Lina. Ancora oggi quando parlano di lei usano entrambe quell'espressione: Lina aveva questo difetto, si fidava troppo, troppo.

Solo quella volta il finire del racconto mutò d'intensità. Già mentre nominava la sorte toccata all'amica la voce di Angela si incrinava come scossa da un pianto. L'ultima frase le uscì di bocca tremolante, capimmo che non controllava il respiro.

Ci fu qualche minuto di silenzio in cui rimase impietrita davanti all'ingresso di casa. Immobile eppure in movimento, come qualcosa che sta per cadere.

Avrebbe aspettato ancora prima di ravviarsi i capelli con la curva flessuosa del polso e riprendere la bella faccia sorridente.

Avrebbe aspettato prima di tirarsi la figlia sottobraccio costringendo lo sguardo di entrambe lontano dalla parete sporcata.

Avrebbe aspettato prima di proseguire verso la porta dicendo a mezza bocca: Possono passare pure i secoli ma la gente dei paesi non cambia mai.

Ma adesso, mentre il sole s'apprestava a tramontare e una luce artificiale spingeva via le ombre, l'attenzione era tutta lì: alla piccola scritta a pennarello nero comparsa a un palmo dall'ingresso: Enza è una puttana.

6.

Una volta dentro fummo assalite dall'ansia. Angela si affrettò a grattare via la scritta. Le bastarono un panno bagnato e dell'alcol, il movimento convulso del braccio fece il resto: l'inchiostro scivolò via di fretta.

Enza andò a sdraiarsi sul letto continuando a dire: Non è niente. Intanto batteva col piede sul materasso come a segnare i secondi: tum, tum, tum. Un brutto suono che prendeva le tempie.

L'ultima volta che l'avevo vista così aveva cinque anni e sua madre l'aveva pizzicata su un fianco per dirle di starsene buona. Presa dall'orgoglio si era costretta a letto un giorno intero, la rabbia concentrata nelle gambe e sui piedi. Quella volta aveva minacciato tutti: Scappo via. Adesso invece ignorava ogni imbarazzo, a chi si avvicinava riservava un grande sbuffo di narici frementi: Lasciatemi stare, non è niente.

Neanche a cena volle parlarne e anzi liquidò l'accaduto con un commento stupido, disse: Almeno ogni tanto succede qualcosa.

Fu al pronunciare quelle parole che sentimmo il grande urlare di femmina levarsi dalla strada. Allora ci guardammo tutte ansiosamente attorno sforzandoci di non immaginare guai.

Fu Angela la prima a muoversi verso la porta.

Bastò schiuderla appena perché offese e grida oscene scivolassero nitide dentro casa. Allora convergemmo tutte all'ingresso e camminammo insieme a passo lesto fino al cortile.

Lì erano Mela e Bruna. La prima improvvisamente grande, come ingigantita. Fatta non di carne, ma di roccia e muschio e vento. Madre pietra, madre faraglione.

La seconda piccolissima e bianca in viso. Catturata da una tristezza quasi infantile, di musi lunghi e pugni chiusi.

Volavano tra loro parole forti. Insulti perlopiù.

Mela minacciava vendette giganti: l'avrebbe chiusa fuori e abbandonata alla fame se non l'avesse ascoltata.

Tra le offese annaspava suppliche e preghiere, si guardava intorno toccandosi con brevi sussulti la fronte e il petto, poi le spalle. Padre, figlio, Spirito Santo, amen.

A quel punto stringeva un poco le labbra e subito tornava a inveire contro la figlia.

Maledetta, la chiamava con voce fortissima, allargando braccia e gambe, allargandosi tutta. Intanto le contestava imprudenze imperdonabili: la brutta compagnia che frequentava, il fidanzato o i fidanzati che le attribuiva, le notti frivole da tiratardi, il puzzo di fumo delle maniche e dei colletti.

Davanti a quelle accuse, Bruna ostentava una calma adulta. Non pianse, non si agitò, non diventò rossa in volto. Si limitò a un sospiro di naso, un piccolo soffio rassegnato. Poi il silenzio.

Fu in quell'attimo che allungò lo sguardo all'altro capo del cortile e ci vide: le teste affacciate, le bocche piegate allo sconcerto.

Allora disse qualcosa sottovoce inasprendo le labbra come al sapore di un frutto amaro. Poi, continuando a guardarci, diede alla madre uno spintone così forte da mandarla a terra e corse via.

Ci prese uno sgomento fortissimo. Angela si affrettò a raggiungere Mela, la aiutò a sollevarsi prendendola per gli avambracci. La accompagnò verso casa con poche frasi di consolazione: Sono ragazze, vedrai, passerà.

L'altra intanto lamentava un dolore alla bocca dello stomaco, una rabbia e un improvviso desiderio di piangere e di urlare.

Noi ce ne andammo in camera, ci stringemmo davanti alla finestra, i gomiti puntati sul davanzale, le spalle che si toccavano.

Enza disse che scene come quelle le facevano orrore. La portavano immediatamente a sentirsi triste, depressa. Nel cuore le restava una tensione insoluta. Tra le cosce un dolore, come un male antico e risvegliato.

Continuò su quel tono finché non le diedi ragione, poi si affrettò a contraddirmi.

Disse che non l'avevo capita. Roteò gli occhi, emise un rapido sospiro rumoroso.

Rivelò che a darle pena non era stata la vista della donna scaraventata a terra dalla figlia, e neppure le parole oscene volate tra loro. Men che meno la ridicola scritta sul muro che avevamo trovato all'ingresso quel pomeriggio. Di quella, disse, non le importava un briciolo.

Ciò che davvero le muoveva la collera era il confronto con quelle nostre vite stabilite in anticipo, sorvegliate dall'alto, tracciate pure nei contorni e fino alla morte. Le prediche, le cortesie, il rispetto: ogni cosa votata al lusso che niente accadesse mai.

Quando finì di parlare sembrò rinfrancata, ma a notte inoltrata, nel buio della solitudine, Enza pianse tutte le sue lacrime. Le parole di Bruna le erano entrate dentro come un tarlo, una maledizione.

7.

Dopo quella notte, Enza cominciò sempre più spesso a inveire contro sua madre.

Divenne dura e ostile. Si appropriò gradualmente di un linguaggio che non era il suo: termini rozzi rubati al dialetto, parole mal pronunciate e persino buffe per la sua voce – *mannaia*, *malanova*, *camurria* –, un nuovo lessico per l'insofferenza. Non si contarono i litigi, via via sempre più accesi, infervorati.

La volta che finalmente ottenemmo il permesso di uscire la sera coincise con la peggiore delle discussioni. Per tutta la cena, Angela aveva provato a inculcare alla figlia poche cose che riteneva necessarie, per esempio che disprezzava certi racconti di donne virtuose cresciute col dono di occuparsi di tutto e di tutti. Che si doveva anche pensare ad avere la borsa piena. A lavorare, a viaggiare. Che era un errore credere di poter ridurre tutta la vita alla fatica d'esser moglie, d'esser madre. Quell'ultima frase aveva acceso fuochi.

Enza s'era alzata dal tavolo urlando. Aveva detto a sua madre cose orribili: che era un'insoddisfatta e una scansafatiche, che era buona solo a lamentarsi, a buttare tragedie sugli altri.

Quale fatica, le aveva detto in uno sforzo rauco di voce. Sua madre non aveva lavorato un giorno in vita sua. Adesso si profondeva in lodi per chi si guadagnava da vivere senza aiuti. Si affrettò a offenderla anche su questo. Disse che non era certo un esempio. Che aveva sempre scelto la via più facile. Non poteva far la morale a nessuno.

Angela questa volta aveva protestato fiaccamente. Che ne sai, si era forzata a dire. Il collo ridotto a un grappolo violaceo di vene.

Ci sono cose che tu non puoi sapere, aveva detto. Poi era esplosa in un pianto, aveva alzato gli occhi su di me sperando, forse, che la difendessi oppure che fermassi lo sproloquio di Enza. Infine si era come arresa. Era corsa in bagno dicendo: Andate a farvi un giro, stare chiuse qui dentro non vi fa bene.

Erano, quelli, giorni di gran fermento. S'avvicinava la settimana di Ferragosto e il paese era come riempito di suoni. Il mare s'indovinava per l'odore salmastro che arrivava dal basso, ma il suo sciabordio era coperto da un vociare agitato di festa.

La solita strada diveniva un avvenimento.

Le donne occupavano porte e finestre come robuste sentinelle, salutavano con voce grossa, senza contegno, sventolando mani bitorzolute e dita sudicie; gli anziani invadevano il muretto di pietra, le panchine: una fila di canottiere bianche, come tasti sfasciati di un grande pianoforte; l'ordine secco di una madre si spegneva sotto alle grida di una folla di bambini; orde di ragazzini riempivano la strada chiusa al traffico, il loro calpestio agitato era forse il suono prominente, arrivavano da Catania e da Messina, e pure da tutta la provincia, portavano grossi zaini sulle spalle, e il respiro insistente di chi non vedeva il paese da lungo tempo.

Enza e io camminammo lì in mezzo quasi in punta di piedi, come prese da uno strano entusiasmo. Dopo la confessione sulla spiaggia non avevamo più fatto parola di ciò che era accaduto la sera alla cantina. Ci sforzammo forse di essere allegre. Nessuna fece il nome di Mirco e degli altri. Nessuna commentò la scritta sul muro. Ci tenemmo lontane dalle domande.

Eppure mentre la guardavo, quella sera, con gli occhi accesi, forse tormentati dall'angoscia, mentre sembrava perdersi nella confusione distratta del paese risvegliato, vidi che in mezzo alla folla cercava qualcosa, qualcuno. Prima da una parte, poi dall'altra. Era come se immaginassi in anticipo il suo sguardo.

Capii che nella sua testa il progetto era già formato. Che avremmo camminato a lungo guardandoci bene a destra, a sinistra, persino alle spalle. Che avremmo perlustrato le piazze, i bar, la spiaggia. Era riaffiorato in lei il viso che le avevo conosciuto da bambina: lo sguardo tagliente, il bagliore negli occhi. Sembrò persino che l'ossatura già esigua, minuscola, di Enza si stringesse ancora. Che ridiventasse fanciulla a ogni passo e si perdesse in mezzo alla folla.

Quando per un momento la persi di vista mi capitò di cercarla nel passo incerto di una ragazzina che danzava in punta di piedi. Ricordai le lunghe esibizioni allo specchio: lei che s'apriva come una forbice, con quel sorriso lievemente altezzoso. La voce nasale e sicura con cui diceva: Un giorno lo farò nei teatri.

Tornò in mente l'immagine vividissima del suo torace schiacciato, del gonnellino di tulle rosa che aveva indossato per mesi, forse per anni.

Quasi mi stupii della sua altezza quando rividi l'adolescente appesa alla ringhiera del ponticciolo pedonale. In bilico, col busto protratto in avanti come nel tentativo di sfuggire alla strada. Indossava ora un vestito senza fronzoli, il vento lo aveva riempito coprendo la sua magrezza. Subito notai le mani rinvigorite che stringevano la balaustra, i lunghi muscoli tesi delle gambe. Per un attimo rimase come sospesa, separata dal frastuono di festa che le accadeva alle spalle. Incantata.

Fu allora che li vidi anch'io.

Oltre la ringhiera, la notte era un nodo grigio e inviolabile. Nulla distingueva le curve brune dei corpi dai lunghi fasci ombrosi che coprivano la spiaggia.

Dall'alto, le cose perdevano ogni prospettiva, i profili si

smarrivano. Perciò cercammo inutilmente di riconoscere chi fosse l'uno e chi l'altro senza riuscirci.

Arrivammo vagamente a contarli. Erano almeno in dieci, forse di più.

Da dove eravamo giungevano solo schiamazzi confusi e risate d'allegria. Eppure non servì indovinare: le voci arrivarono inconfondibili. Persino la zaffata dolciastra di fumo confermò le nostre impressioni. Non c'era più alcun dubbio: li avevamo trovati.

Rischiarati in modo intermittente, i ragazzi parevano fiammelle veloci che duravano il tempo di un soffio.

Vedemmo tre di loro prendersi per mano e lanciarsi in acqua. Altri due avvitarsi in una lunga giravolta fino a perdere l'equilibrio. Qualcuno rotolare vorticosamente al modo dei bambini. Altri ancora abbandonarsi per terra, oppure sull'ampio tendone quadrato che era gettato sulla battigia.

Era strano, davvero strano trovare familiarità in piccole mosse offuscate. Quando uno di loro improvvisamente adirato lanciò un oggetto per aria, a entrambe venne da dire: Ecco Davide. Subito immaginammo la vena pazza del collo schizzare in alto, le tempie increspate. Così capitò pure con Tonino quando scorgemmo i suoi denti brillanti scoperti dalle risate.

Non ricordavo di aver sperimentato prima qualcosa di simile.

L'immagine di quei ragazzi, le loro forme solide e goffe, le gambe che parevano fiorire dalla terra, le voci ora roche ora squillanti, il modo in cui ogni cosa sprofondava nel buio e poi tornava come un guizzo alla vista.

Tutto sembrava ricomporsi in un vagheggio conosciuto che stava lì ad aspettarci da chissà quante stagioni.

Non so per quanto tempo rimanemmo lì a guardare, so che da un certo punto in poi neanche il buio riuscì a ingannarci: imparammo a riconoscere persino le ombre.

Quello seduto immobile come un sasso sulla riva era Massimo. Ogni tanto allungava la schiena verso il profilo legnoso di una cassa da frutta. Da lì tirava fuori birre in lattina o bottiglie di vino da due soldi che offriva a gran voce anche agli altri.

Dietro di lui compariva di tanto in tanto Davide, la schiena ingobbita e le gambe dondolanti, ubriache. Per un lungo momento lo vedemmo perdersi a terra, razzolare nella sabbia come preso dal panico, e subito rialzarsi tra le risa di scherno dei suoi amici.

Defilati dal resto, Simone e Renato prendevano a calci svariati pezzi di pietra. Tra loro scoppiò presto una baruffa che coinvolse Tonino e pochi altri. Ovunque s'alzò come una nebbia scintillante e dorata. Volarono parole oscene e colpi ben assestati. Qualcuno si disse ferito e pregò i compagni di smetterla. Un attimo dopo ridevano tutti, brindavano incrociando grossi bicchieri di carta, saltavano unendo le mani.

C'erano anche delle ragazze. Le loro gonne si aprivano a ventaglio offrendo un assaggio di lunghe gambe abbronzate. In mezzo a loro, Bruna muoveva passi di danza latino americana e cantava con voce straziante un ritornello in spagnolo.

Le ragazze la assecondavano. Seguivano i suoi passi come si segue una maestra di ballo, mimando persino la sciocca torsione del polso, la piega delle dita, il mignolo alto.

Ballavano come si ballava da ragazze, sapendo di essere sorvegliate, sistemando ogni tanto i capelli, controllando con l'indice la piccola sbavatura di trucco, regalando uno sguardo, un bacio, ai maschi che ammiravano da lontano.

Solamente Bruna pareva ignorare rituali e corteggiatori. Quando uno dei ragazzi invase il suo spazio provando a ballarle dietro batté ripetutamente i piedi a terra e lo respinse con disprezzo. Un attimo dopo lo trascinava per il bavero di una camicia verso la riva obbligandolo a saltare in acqua.

Solo più tardi avremmo individuato in lui il fisico tutto punte di Mirco. All'inizio ci colpì solo il modo in cui il ragazzo s'era fermato a guardarla con le braccia incrociate e aveva ubbidito ai suoi ordini inginocchiandosi sul pelo dell'acqua.

Che cosa si fossero detti prima che lui si calasse sul bagnasciuga rimase un mistero, ma fu da quel punto in poi che Mirco smise la sua aria festaiola. Per quel che rimase della serata si rifugiò ai piedi di Massimo e si costrinse a guardare fissamente un punto immobile sulla spiaggia.

Quando Enza e io arrivammo tra loro lui nemmeno se ne accorse. Eppure i suoi amici ci avevano chiamate a gran voce, saltando e sventolando le braccia in aria come pale di mulino.

Era stato Tonino il primo a riconoscerci. Subito aveva avvertito gli altri e in poco tempo s'era alzato un tramestio di voci. Dicevano: Scendete, venite qui. Per un attimo batterono persino le mani scatenandosi come tifosi di pallone.

Sapevamo bene che se fossimo rimaste lì tanto a lungo prima o poi sarebbe accaduto. Solo non ci aspettavamo tali schiamazzi. Perciò appena li sentimmo gridare verso di noi fingemmo negli occhi la sorpresa, la circostanza.

Ridemmo a voce alta perché ci sentissero ma in un tono lezioso, da ragazzine.

Bruna s'era fatta stranamente da parte appena i maschi avevano iniziato a chiamarci. Somigliava a una di quelle madri impettite che si vergognano della smania dei figli ma non osano contraddirli in pubblico.

Pure quando accennammo il primo saluto fu la sola a non svelare il minimo entusiasmo. Alzò brevemente il mento, diventò seria. Si tenne occupata a scavare un'inutile buca col piede.

Da subito vidi che qualcosa non andava. Lo stesso lasciai che fosse Enza a decidere. Le rivolsi un'occhiata rapida. Aspettai invano che anche lei mi guardasse.

Allora chiesi: Adesso che facciamo?

I suoi occhi si mossero lesti su tutta la spiaggia. Notai il mutamento del suo respiro, di colpo più corto, affannato.

Allora disse: Scendiamo, li salutiamo e ce ne andiamo.

Intanto si era già mossa con una certa precipitazione verso la scaletta di pietra che dal ponte pedonale portava alla spiaggia. Il gesto della mano fu inequivocabile. Diceva: Muoviti, non facciamoli aspettare.

8.

A volte credo che se fossi stata più attenta avrei potuto intuire prima il sentimento che cominciava a radicarsi dentro di noi. Invece quando finalmente lo compresi l'estate era già esaurita da un pezzo e non dava la speranza di tornare.

Non fu per curiosità che quella sera scendemmo in spiaggia con gli altri. La curiosità non ci avrebbe spinto tanto lontano. C'entrava piuttosto qualcosa che vagamente somigliava al vuoto, oppure al desiderio. Il vortice e la vertigine. Un movimento segreto dentro al petto. L'idea che ogni cosa potesse rovesciarsi con facilità; che le nostre vite – normali, senza grandi disperazioni – subissero l'oscillazione, il dondolio dell'esistenza vera.

Non so dire quale voce ci avesse istigato quei pensieri. So però che l'impressione di pericolo sui nostri volti era durata il tempo di un singhiozzo. Al suo posto era comparso presto un sorriso larghissimo.

In spiaggia ci trattarono con affetto esagerato. Ci furono baci e abbracci, complimenti festosi, inviti a danze. I ragazzi parlavano con voci lente e balbuzienti, da ubriachi. Ci offrirono da bere un vino acido. Ordinarono di mandarlo giù in fretta. Intanto intonavano un canto di festa. Dicevano: Bevete, bevete ancora.

A Bruna non interessava di noi. Salutò per cortesia, poi

rimase come in disparte a bere grandi sorsate dal bicchiere che le avevano spinto in mano.

Facemmo lo stesso.

Un sorso dopo l'altro perdemmo il senso del tempo, dello spazio.

Presto i rumori della strada andarono spegnendosi. Da dove eravamo arrivava solo un mormorio sommesso. Tutto appariva lontanissimo, come un'immagine che dura solo nella testa.

All'inizio fu un grande divertimento. Tonino mi prese a ballare, fu allegro, raggiante. La bocca zannuta non smetteva di sorridere. Continuava a offrirmi da bere, ma in modo scherzoso, da amico. Propose un gioco che consisteva nel far entrare una moneta in un bicchiere lanciandola a una distanza di almeno un metro. Una mossa che ci ubriacò tutti.

In poco tempo ci ritrovammo a cercare inutilmente di combattere lo stordimento.

Enza rideva a gran voce. Evocava con spirito nuovo i suoi sogni da bambina. Diceva che avrebbe voluto fare la ballerina di teatro. Per qualche minuto sfoggiò timidi passi di danza, poi si fermò di colpo. Disse che le mancava la pratica. Da qualche anno aveva smesso senza un vero motivo. Quella sera le venne la voglia di riprovare. Così promise a qualcuno: A settembre torno a ballare. È la mia strada.

Notò in quel momento che Mirco l'aveva vista, lo stesso non si era mosso per farle un saluto. Da lontano, si scambiarono uno sguardo carico di sollecitudine, poi più niente. Lui rimase seduto, defilato. Ogni tanto sbadigliava.

Da quel momento lei non smise di cercarlo. Pure mentre discorreva con gli altri, annuiva e lanciava grandi occhiate dalle parti di Mirco. A un certo punto sembrò persino scusarsi con un lieve movimento delle spalle. Chiedere in un gesto: che succede?

Intanto le girava intorno un nuovo corteggiatore. Davide giocò tutta la sera a metterla a disagio. La riempì di belle parole. Disse che era affascinato da certi suoi vizi, come quello di lasciare la bocca schiusa dopo aver parlato. Ogni tanto si lasciava andare a commenti più audaci che lei raccoglieva con finto imbarazzo ridacchiando. Oppure inventava una scommessa. Diceva: Vedi quei due? Se tra mezz'ora non sono in acqua ci buttiamo noi.

Lei a volte svincolava, altre volte reagiva come se volesse stuzzicarlo. Una cosa fu chiara: ciò che all'inizio della serata le era sembrato inopportuno, col passare del tempo cominciò a rallegrarla. Fu più sciolta davanti alle battute. Non arretrò quando lui provò ad allungare il braccio sulla sua spalla. Si decise persino a lanciarsi in acqua vestita insieme a lui.

Camminarono vestiti tra le onde gridando e schizzandosi a vicenda grossi getti d'acqua. Quando risalirono la battigia le sentii dire: Non mi divertivo così da tempo.

Lui le rimase attaccato. Le sottopose alcuni suoi indovinelli, provò a farla ridere. Io cercai una o due volte di tirarla a me con una scusa. Mi venne il sospetto che continuasse a dargli corda per gentilezza oppure per suscitare una reazione in Mirco. Appena ne ebbi l'occasione glielo dissi e lei si mise a ridere: Ci stiamo solo divertendo. E subito mi fece il gesto di bere.

Voleva dirmi: lasciami stare, divertiti anche tu.

In poco tempo non era più riconoscibile: diventò leziosa, insopportabile. Si profuse in gentilezze verso tutti. Attaccò con richieste tipo: Prendimi questo, prendimi quello. Di bocca le sfuggivano frasi fintamente sapienti oppure si perdeva in vanterie. Inventò delle sciocchezze per attirare su di lei ogni attenzione. Disse per esempio che con l'anno nuovo avrebbe preso una casa per sé. Che non sopportava più sua madre e l'idea di essere comandata a bacchetta. Con un'amica aveva già un progetto: lo avrebbero perfezionato al ritorno dalle vacanze.

Quella sua uscita diventò motivo di discussione. Mentre i ragazzi la lasciavano parlare senza controbattere, Bruna volle provocarla. Le disse: E i soldi per la casa chi te li passa? Sempre la mamma?

Enza impallidì all'istante. Non le riuscì di essere spigliata nella risposta. Disse che non voleva annoiare nessuno con i dettagli. Si sforzò di apparire ancora divertita, ma fu chiaro che dentro le cresceva il malumore. Non si aspettava da lei quella domanda incattivita. L'ultima volta che erano state insieme si erano quasi unite in un bacio. Quella sera invece finsero di conoscersi appena.

Non mi meravigliai di vederle così. Già dal momento in cui avevamo messo piede in spiaggia, Bruna ci aveva trattate da estranee. Aveva invece preferito ritirarsi attorno al suo nuovo gruppetto di amiche.

Per tutto il tempo in cui Enza fu in acqua mi aggirai anch'io tra loro senza parlare a nessuna. Ascoltai però con grande attenzione i loro discorsi. Parlavano soprattutto di maschi, raccontarono impettite le loro imprese. Una raccontò di un garzone del paese che le faceva da una settimana una corte serrata. Disse ridendo che avrebbe passato la vacanza a scappare dalle sue attenzioni. La sua voce settentrionale era calda e posata. Vidi che le altre due provavano a imitarne l'accento per mostrarsi ingentilite nei toni ma nei movimenti restavano goffe, insicure. Perdipiù avevano il viso mangiato da grosse lenti, spesse al punto da rimpicciolire esageratamente gli occhi di entrambe. Avrei scoperto più tardi che erano sorelle pur non somigliandosi affatto.

Bruna dominava la conversazione. Mi era sembrato di rivederla accanto a Enza e me. Forse era quello il suo modo: fingersi amica, intavolare bei discorsi, offrire occasioni di svago, di divertimento, infine per un niente accendere inutili screzi.

Adesso parlava con grande vivacità, le mani in movimento, gli occhi accesi.

Diceva: I maschi pensano solo a quella cosa lì. Per questo passano facilmente dall'ammirazione all'insulto. Ripeteva di continuo che non c'era da fidarsi. Ogni tanto raccontava piccoli aneddoti col piglio della donna vissuta. Disse che una volta un tizio l'aveva adescata col miraggio delle belle maniere. Ti offro questo, ti offro quello. Come sei bella. La più bella di tutte, aveva detto. Un viso da ricordare per sempre.

Almeno fino all'attimo in cui s'era infilato una mano nei calzoni e lei si era schermita con le mani urlando fortissimo. A quel punto le aveva urlato: Sei pazza. Una pazza come te non l'avevo conosciuta mai. Poi era corso via con la faccia offesa.

Le altre ragazze confermarono le sue impressioni con racconti meno infiammati. Parlarono di un ragazzo, un loro coetaneo, che da un anno faceva la strada con loro per andare a scuola, andata e ritorno. All'inizio era tutto un prodigarsi. Si offriva persino di portar loro borse e zaini. Quando la sorella più grande si era lasciata andare a fantasie di innamoramento verso un altro loro amico, quello si era immusonito, era diventato scontroso, irascibile. Per molto tempo non s'era più fatto trovare.

Dopo quel racconto Bruna si disse sollevata. Era convinta di essere lei, con i suoi desideri, a chiamare quelle occasioni sconvenienti. Invece era cosa di tutte.

Si accorse tardi che anch'io le ascoltavo. Quando mi vide accanto a loro si interruppe bruscamente e mi rivolse uno sguardo affilato. Allora cambiò tono, mi disse: Tu invece? Mi sembrò che ridesse mentre già pronunciava la domanda.

Non seppi rispondere. Cercai invano di costruire nella mente una bella storia che mi riguardasse, pensai a Rosalba e Luisa, tornarono i pomeriggi d'inverno in cui ci spingevamo svogliatamente sui libri, le nostre confidenze blande. Pensai a come fosse disciplinata la nostra amicizia: mai una parola di troppo, mai un eccesso. Mi sentii sconfortata. Nessuna delle nostre storie avrebbe risvegliato l'interesse di quelle ragazze.

Alla fine rimasi in silenzio. Mostrai un sorriso forzato, alzai le spalle.

Tutte mi guardarono con l'aria perfida, lo stesso feci lo sforzo di mostrarmi socievole: da quel momento risi alle loro battute, annuii con finto garbo a ogni piccolo commento.

Persino quando si parlò di Enza non ebbi il coraggio di ribattere.

Ci fu un momento in cui si voltarono in gruppo verso di lei che si divertiva ancora con Davide. La seguirono con lo sguardo mentre gli saltava a cavalcioni sulle spalle, le cosce attorno al collo, le caviglie ben serrate tra le mani di lui. Rimasero a guardarla fino a che i due non entrarono nuovamente in acqua e un'onda trascinò entrambi verso il fondo.

A quel punto anche io li persi di vista. Mi sembrò che si confondessero tra le ombre. Sentii solo le loro urla giocose alzarsi sulle altre.

Seguì un chiacchiericcio esaltato, da salotto. Ognuna delle ragazze volle dire la sua. Quella che sembrava la più grande usò un tono sarcastico. Disse: Almeno lei si diverte. Le sorelle furono meno caute. La chiamarono gallinella, ne imitarono il modo di parlare: Gne gne gne, fece una, e le altre a ridere. Con una punta di volgarità inventarono sospetti e oscenità sul suo conto: Si vede che la dà via, è abituata. Bruna raccontò a tutte la sera in cui Enza s'era fatta stringere il petto magro da Mirco.

Dovete sentire i racconti dei maschi, aggiunse. Con la mano osò un gesto inequivocabile.

Le altre la ascoltarono con grande attenzione, alla fine si mostrarono impressionate.

Una di loro mi guardò incerta. Voleva, forse, che spendessi due parole per negare tutto, invece non dissi nulla. Alzai lo sguardo, spiai la notte ingigantita sulle nostre teste. Presto trovai una scusa per allontanarmi. In silenzio, quasi di nascosto.

Bruna intanto diceva: È per quelle come lei che questi pensano di poter far tutto.

9.

Avevo compreso da subito l'odio immenso – il disprezzo – che le ragazze avevano riservato a Enza. Il loro mormorio pettegolo non m'aveva turbato un granché. Io stessa mentre parlavano avevo pensato: sì, hanno ragione, fanno bene a insultarla. E anzi, più la guardavo, più mi chiedevo: perché fare tanto la scema?

La sua risata grassa s'allargava per tutta la spiaggia in piccoli singhiozzi. Per un lungo momento sembrò l'unica cosa viva nell'aria.

Non solo: c'era, in lei, qualcosa che indispettiva. Sembrava che giocasse a ostentare la sua allegria con una violenza non diversa da quella che avevano osato le ragazze contro di lei.

Il divertimento la trasformava. Le sgorgava dagli occhi. Accendeva in viso una superbia smisurata e si spandeva poi nei gesti: frivoli, smorfiosi. Come quando aveva preso il piccolo specchio dalla sua borsa e si era sistemata scontenta i capelli. Con la voce lagnosa si era lamentata del caldo, del sudore. Poi si era coricata a terra in preda alla stanchezza.

Da lì mi aveva guardata con una tale impazienza da convincermi a raggiungerla.

In poco tempo fui in piedi sopra di lei. La trovai tranquilla, divertita.

Giocava insieme a Davide a produrre cerchi di fumo con la punta di una sigaretta. Parlavano intanto di posti saputi da loro. C'era un bar di Taormina che avrebbero voluto visitare insieme. Con singulti da ubriachi ricordarono il sapore zuccherino della granita alla frutta. Poi si abbandonarono a ridere attorno a un commento di lui.

Risero e risero.

Li interruppe soltanto uno schiocco freddo di mani.

Vedemmo la testa di Davide scattare in avanti e per un attimo pensammo al peggio. Invece fu subito chiaro che non si trattava di un gran colpo. Tonino era comparso dietro di lui a tradimento e gli aveva allungato uno schiaffo scherzoso sulla nuca. Era poi corso via alzando una nuvola spessa di sabbia.

Fu quando Davide si tirò in piedi per rincorrerlo che io e Enza restammo da sole. A quel punto mi sedetti al suo fianco, lamentai un'emicrania. Mi dissi più stordita di quello che ero.

Si è bevuto troppo, concordò lei. Con un gesto veloce si ravviò di nuovo i capelli.

Come sto? mi chiese. La voce era palpitante, ma il viso era fragile e pallido.

Spiai le sue espressioni come se guardassi altro. Mi sembrò tutt'a un tratto impensierita, come se le montasse dentro un sentimento nuovo.

Sei molto bella, le dissi.

Fino a quel momento non avevo posto in discussione la scelta di riferirle le parole infelici che la riguardavano. Ero pronta ad accusare sottovoce Bruna e le sue amiche. Sono state loro a scrivere quelle cose sul muro, avrei detto. Volevo a tutti i costi farle pesare l'insolenza ostinata, lo spasso, tutto il malumore che mi covava dentro. Le avrei lanciato forse lo sguardo antico di mia madre che significava: pentiti.

Invece vidi che qualcosa le faceva male e mi mancò il coraggio. Lo stomaco fu stretto dai sensi di colpa.

Da quel momento non mi riuscì più di acquietarmi, fui assalita dai dubbi: cos'è che davvero le rimproveravo? Cos'è che le rimproveravano le altre ragazze? Il divertimento? La bellezza? L'energia vivacissima che sprigionava?

Capii che Enza si chiedeva lo stesso.

La vidi trascinare il peso del corpo verso di me. Con un gesto piccolo del capo mi fu su una spalla. I suoi capelli umidi per cuscino.

Da quella posa scomoda, senza guardarmi – guardando piuttosto il mare, il cielo in lontananza – disse: Dov'è che ho sbagliato?

Ammise di aver atteso inutilmente che Mirco la cercasse. Che le prendesse la mano e la portasse a passeggiare sulla spiaggia. Che scherzasse con lei come l'ultima volta che si erano visti. Invece per tutta la sera si era tenuto occupato a bere senza parlare a nessuno. A lei aveva lanciato da lontano uno sguardo stanco, nient'altro.

Non nascose sentimenti affini per Bruna. Disse che non si spiegava la sua impertinenza improvvisa, le risposte piccate.

Chissà che ha in testa questa volta, disse in tono litigioso.

Ma si capiva che quello era il pensiero secondario.

Ciò che davvero la offendeva, quella sera, era il senso d'allarme che le provocava l'indifferenza di Mirco.

Infatti continuava a dire: Non posso pensarci.

In un filo di voce ripercorse brevemente gli ultimi avvenimenti. Si raccontò di nuovo la storia da principio. Il modo in cui si erano avvicinati la prima volta. Era stato lui a volerlo. Da subito aveva rivelato il sollievo di averla vicina, il senso di nostalgia che le evocava il suo sorriso. Le aveva chiesto un bacio, poi due. Aveva sì osato la massima audacia toccandola sotto al vestito, ma questo era accaduto dopo.

Prima era stato tutto un profondersi in lodi, ringraziamenti, confessioni. Le aveva persino rivelato il suo imbarazzo. Si era detto, davanti a lei, quasi perso, intontito. E, anzi, mentre parlava lo aveva visto asciugarsi il sudore col palmo della mano come se fosse davvero preso dalla timidezza.

Ragionò a voce bassa sui motivi del silenzio che era caduto tra loro. Cercava, nella catena degli eventi, l'equivoco, il punto di non ritorno.

Passò in rassegna le diverse ipotesi. Alla fine si arrese all'evidenza.

La verità era questa: per quanto si sforzasse, ciò che davvero non sopportava di quella storia era l'idea di sentirsi per la prima volta respinta, messa da parte come qualcosa che non serve più.

10.

Al mattino avevamo facce sconvolte. Ci alzammo controvoglia e solo perché Angela insistette moltissimo. Aveva in cuore di visitare una spiaggia vicina, ci pregò perché la seguissimo. È un posto da sogno, credetemi. Intanto cacciava moscerini, guardava di sbieco la figlia, provava a conquistare il suo affetto. Le diceva: Ti faccio una foto lì, in riva al mare. Sai che bello. Uno sfondo da cartolina. Te la porti a scuola, pensa che invidia appena ti vedono.

Enza cominciò a darmi colpetti nascosti sul braccio. Voleva dirmi: vedi come fa? Ma anche: accontentiamola. Io alzai le spalle, feci tutto ciò che mi fu chiesto.

Lungo il tragitto Angela raccontò che il posto in cui andavamo le ricordava una caduta terribile: per sfuggire a una rissa tra bagnanti si era messa a correre ed era inciampata su un mucchio di pietre. Il sangue aveva colorato la rena. Poiché non riuscì a impressionarci ci ricoprì di dettagli. Raccontò la foga spaventosa con cui tre o quattro uomini avevano iniziato a picchiarsi. Colombi in gabbia. In mezzo a loro si era alzato un vento cattivo di braccia e gambe impazzite. Aveva avuto paura.

Infine disse: È il motivo per cui abitiamo in città.

Che stupidaggine, disse Enza. Poi si voltò. Da quel momento si guardarono appena.

Pure in spiaggia continuarono a ignorarsi: Angela trovò

una pietra pomice e passò la mattina a grattarsi i talloni. Enza si sdraiò sulla battigia spingendo i piedi contro onde inoffensive.

Quando anch'io le fui vicina si mise su un fianco e mi accarezzò i capelli.

Disse: Com'è diversa la notte dal giorno. Sembrano due vite. Quella col sole è lenta e brutta, senza allegria. Nell'altra invece siamo vive, più vive che mai.

Le diedi ragione, e lei si girò su un gomito. Mi mostrò le spalle, il filo sottile del suo costume, il fiocco storto che le avevo fatto. Una cascata di nei.

Davvero era diverso il giorno dalla notte, e davvero il buio spegneva la noia, ma qualche parte di me ancora preferiva momenti come quello: la schiena di Enza, un brontolio di stomaco, un brivido tra i capelli.

Più tardi, mentre Enza faceva la doccia, Angela venne da me a piedi nudi e mi chiese di legarle una catenella al polso. Il braccio era punteggiato di pomata.

Zanzare, disse senza che glielo chiedessi, e subito la bocca prese una piega scontenta.

Cominciò a parlare da sola. Le continue discussioni con Enza le avevano lasciato dentro un imbarazzo doloroso. Io ci provo, disse. Ci provo continuamente, ma è inutile, lo vedi anche tu.

Annuii, e lei cominciò a interrogarmi: È successo qualcosa? Qualcuno vi ha dato fastidio? C'è un ragazzo? Enza ha un ragazzo? Qualcuno che ha conosciuto qui?

A quel punto la respinsi gentilmente, dissi no e no. Nessuno, giurai. Ma lei continuò a incalzarmi: Chi sono le persone con cui uscite? È gente perbene?

Poi la domanda che aveva in testa dall'inizio: Chi ha scritto quelle cose sul muro? Tu lo sai, ti prego dimmi che lo sai.

A quel punto indietreggiai, dissi sconfortata: Non lo sappiamo. Non chiedere a me. Non so dirti altro.

Non si arrese. Per giorni non si scollò dal telefono. Pur di parlare con Enza inscenò un teatrino pietoso: telefonava a mia madre, a gran voce confessava i pensieri destinati alla figlia.

Mentre discorreva si spostava sulla sedia: un piede per cuscino, poi l'altro, quando la schiena le chiedeva pietà si metteva tutta chinata in avanti coi gomiti puntati sulle gambe come un'adolescente annoiata. Inoltre cambiava spesso d'umore: delle volte era allegra come una colombella e allora tubava e tubava, altre pareva assediata dalla nostalgia e si crogiolava sul fuoco delle vite che non aveva avuto.

Dalle storie che raccontava ricavava spesso morali spicciole e frasi a effetto. Un pomeriggio, per esempio, si era alzata in piedi sovraeccitata continuando a ripetere: Nella vita contano solo le felicità e le infelicità, tutto il resto fa contorno.

Non parlava a vanvera. Ogni frase che le usciva di bocca era la traduzione laboriosissima di un solo concetto: sono stata giovane anch'io, ti capisco. Se ne avesse avuto il coraggio avrebbe preso Enza per le spalle offrendole il conforto che poteva. Invece preferì lanciarle a quel modo segnali che forse avrebbe colto e forse no.

Durante quei racconti, la giovinezza delle madri si stendeva sulla nostra come una coperta mal rattoppata. Impensabile per noi figurarcele nella recita della seduzione, i fianchi contratti e le schiene dritte, le facce accese di vergogna. Oppure pensarle nascoste nei bagni a infilarsi minigonne e scollature vietate, a fumare sigarette. Ancora peggio: credere al vecchio pettegolezzo che ancora muoveva a entrambe lo stomaco.

Era estate anche allora. L'aria era irritata da un vento sciroccoso che soffiava ovunque nuvoloni di sabbia gialla. Angela aveva appena festeggiato i diciott'anni e ancora ballava sotto l'arco di una porta davanti alla sorella che diceva: Andiamo, andiamo.

Da una finestra la guardava un ragazzotto bruno, gli occhi illusi da un'intimità inventata. Avendola vicina avrebbe detto: Sei una bellezza. Invece da dov'era poteva solo ammirarla in silenzio. Sorvegliare dall'alto le gambe mosse dall'allegria, l'abito stretto che faceva risaltare i grandi seni, i capelli presi dal vento.

In testa gli salivano commenti che avevano i suoni della sua terra: le t aspirate e le vocali ariose, la cadenza molle che era tutta un canto.

Un giorno si sarebbero sognati: uno a un lato dello Stretto, nel punto dove la penisola finiva e s'abbottonava al mare, l'altra ancora in quel paese che sempre più la respingeva come un'onda di risacca. Ma adesso, mentre Angela ballava, quei sogni erano lontani e i desideri non ancora pizzicati da smanie di innamoramento.

Da allora l'aveva cercata ovunque.

Di lei aveva chiesto come della ragazza bellissima, capelli lunghi, scuri.

Abita là, aveva detto qualcuno, e una notte era andato a lanciarle sassolini sui vetri della stanza. Ma nel buio, con la luce dell'unico lampione che indugiava a farsi chiara, non seppe riconoscere la figura affacciata.

L'equivoco fu svelato il giorno dopo: per un'intera notte aveva strizzato gli occhi e mandato baci a una vicina. Quell'altra s'era fatta allegra, alle poche amiche aveva detto: Datemi fard rimmel rossetti, quando tornerà sarò pronta.

Già al pomeriggio erano tutte alle finestre per guardarsi lo spettacolo: la ragazza truccata e in bella vista, in piedi tra gli infissi spalancati come una campana di chiesa.

Aspettarono e aspettarono, le spettatrici, guardando un poco la ragazza e un poco la strada, soffocando risatine isteriche ogni volta che il muso di lei s'arricciava in una prova di bacio.

Quando venne il ragazzo la scena fu da vero cinema: poiché non riusciva a riconoscerla la guardò con gli occhi esaltati muovendosi indietro, poi le chiese: Hai una sorella?

Allora risero tutte: il divertimento arrivò allo stomaco, istigò persino il dolore. Lei, risentita, andò a chiudersi in casa, per giorni non tirò neanche il naso fuori dal letto.

La sera che scoprì l'inganno stramazzò a terra e sua madre la chiamò in preda allo spavento: Mela, Mela, che ti succede? Lei intanto guardava la finestra di fronte, dove Angela e il bel calabrese si scambiavano il primo abbraccio d'amore.

Forse da lì s'era mossa la voce: in poco tempo tutto il paese parlava.

Com'era facile all'ammiccamento e come si levava bene i suoi sfizi quella femmina che era ancora una bambina. Schiere di maschi le fischiavano dietro al solo passaggio, le donne parlavano per noia: è una fetente. Un tipo coi baffi da sergente inventò d'averla vista per la strada con le gambe scoperte e le mutande in vista. Un altro giurò d'averle toccato i seni per scommessa.

Fioccarono racconti di quel tipo: chi le aveva guardato le cosce, chi il culo. I commenti erano gli stessi: oscena, spudorata. Una puttana.

La sua cattiva fama arrivò anche a casa e ci furono tempeste.

Suo padre sopportò una settimana, poi la spedì da una cugina per dei mesi.

In quella casa lontana, Angela non smise di aspettare.

La notte sfogliava margherite, in un sussurro sospirava: Non m'ama? m'ama?

11.

Nelle ore in cui Angela era al telefono, Enza mi sfuggiva. Abbassava la testa, sfogliava senza curiosità i suoi libri, oppure chiudeva le palpebre, fingeva di dormire. Scivolava in uno spazio in cui per quanto mi sforzassi non avevo accesso.

Come avrei voluto interrogare i suoi pensieri. Sparire negli stessi buchi. Sprofondare dove lei sprofondava. Poter dire: eccomi, lo sento anch'io, lo stesso disagio, lo stesso dolore.

Ci provai una volta. Elencai a voce alta due o tre episodi in cui avevo avuto vergogna di mia madre. Ricordai l'incontro temutissimo con le madri delle mie amiche, quando aveva parlato sbagliando i verbi e con la voce che tremava. Dissi: Volevo scomparire, e per un attimo attirai la sua attenzione. Enza mi venne vicino. Commentammo ridendo le telefonate di quei giorni.

Scherzando disse: Ci deve essere una pena per tutta la vergogna inflitta ai figli. Credo che un giorno pagheranno per questo.

La sua risata sconfinò in un singhiozzo acuto e ridemmo ancora. Quando ebbe finito si bloccò un attimo incerta e disse: Seguimi.

Cominciò a girare per la casa cercando nei cassetti. Rovesciò il disordine delle sedie ingombrate da vestiti arrotolati. Passò in rassegna gli armadi, le borse. Alla fine estrasse contenta da un comodino un piccolo portamonete giallo.

Che vuoi fare? chiesi, e lei portò l'indice teso alla bocca. Con la stessa mano aprì il borsellino e ne tolse due banconote da cinquantamila lire.

Sei pazza, dissi sottovoce. Lei sgranò gli occhi per intimarmi ancora al silenzio, poi corse via.

In camera si cambiò di fretta. Quando fu pronta sorrise di una felicità tutta sua e mi disse: Sbrigati.

Non me lo feci ripetere: copiai tutti i suoi gesti. Misi i primi indumenti che mi capitarono tra le mani e la seguii al piano di sotto, poi alla porta. A sua madre disse: Andiamo a fare un giro. Io annuii, salutai con il solo sguardo.

Adesso puoi dirmi dove andiamo? chiesi. Ma lei ancora si guardava attorno concentrata. Fece solo segno di andare avanti. Aveva perso la parlantina.

Sospirai e la seguii per il cortile, poi ancora lungo la rampa che portava allo scantinato.

L'odore acido penetrò senza sorpresa le narici. Enza ricavò uno spazio immaginario avanti a noi muovendo la polvere in aria e passammo attraverso. Quando fummo a un passo dalle biciclette che avevamo nascosto lì con Bruna nemmeno mi guardò. Capii che avrebbe rotto il silenzio quando sarebbe stato il momento e mi tenni dal fare altre domande. Piuttosto la aiutai.

Prendemmo le tre biciclette e le portammo fuori per i manubri. Ne inforcammo due. Per la terza saremmo tornate, così disse Enza appena riaprì bocca. Subito illustrò i suoi piani: non serviva coinvolgere Bruna, io e lei insieme avremmo restituito le bici rubate e pagato per i danni. I ragazzi erano stati gentili con noi, in spiaggia ci avevano offerto da bere, avevamo riso e scherzato. Adesso voleva anche lei dare prova di fiducia. Affermare a quel modo l'amicizia appena sbocciata.

Quando finì di parlare alzai un poco le spalle, tentai un mugolio.

Non lo dissi, ma sembrava una scusa come un'altra per conquistarsi lo sguardo di Mirco, la sua benevolenza. Difatti fu lui che cercammo per primo. Per quasi un'ora facemmo avanti e indietro sul lungomare e più volte il giro della piazza. Ci sporgemmo per guardare in spiaggia e poi lungo tutta la vecchia strada che avevamo percorso con Bruna. Ci perdemmo un paio di volte, alla fine arrivammo davanti al plesso di case da cui avevamo sottratto le bici.

Rimanemmo lì un'altra ora senza vedere nessuno. Dopo un po' Enza sorrise, intercettò i miei pensieri. Disse: Sono una stupida?

Un po', risposi, e ci venne da ridere.

Quando ripartimmo sembrò tornare il divertimento dell'ultima volta. Enza pedalava sempre più forte, intanto sghignazzava come in preda all'euforia. Mi diceva: Prendimi.

In qualche modo da dov'ero sentivo la vibrazione del suo corpo. La sua voce rimbombava in testa. L'energia delle braccia e delle gambe deragliava verso di me. Io l'assorbivo sollevata: non c'era niente di più bello.

Con le schiene sudate imboccammo l'ennesima strada sbagliata e senza uscita. Quando pensai che stessimo per tornare a casa, Enza deviò ancora. I capelli le volarono in aria, il sole li colpì come un'ascia schiarendo le punte. Serpentelli imbionditi. Li inseguii senza sosta. In salita, sussultando sulla strada inclinata che ogni tanto imprigionava le ruote. Controllando la vegetazione rigonfia e traboccante, che non ci venisse addosso. Fino al vialetto alberato che già conoscevo.

Lì scoprimmo due amanti: sorridevano al panorama, a turno si scambiavano il favore d'una fotografia. Enza si propose contenta, disse: Scatto io, e i due si misero in posa vicini. Ringraziarono in inglese. Quando furono lontani Enza mi venne accanto, disse: Non abbiamo foto di quest'estate. Dobbiamo rimediare, altrimenti che ci resta?

Ci fermammo davanti all'ingresso della cantina. Enza abbandonò la bici a terra, corse a citofonare e cercò d'eccitarmi mimando un sorriso larghissimo e battendo i piedi. Voleva dirmi: ci siamo, è la volta buona. La porta che si aprì le diede ragione.

Massimo ne uscì come frastornato. Guardò Enza, poi guardò me, quando ci riconobbe allargò lo sguardo, salutò per bene: baci e abbracci. Ci invitò ad entrare. Disse: Non ho niente da offrirvi.

Enza scosse la testa restando dov'era. Non ci fermiamo, disse svelta, e cominciò a scusarsi: Non volevamo disturbare, perdonaci, siamo arrivate qui senza preavviso, non si fa. Poi finalmente la verità: Cercavamo i ragazzi. Mirco, Davide e gli altri. Dobbiamo restituire queste, e indicò sollecita le bici.

Lui si massaggiò il mento e gettò un'occhiata alle nostre spalle come se cercasse fantasmi, disse: Non lo so dove sono, ma potete lasciarle qua, qualcuno verrà a prenderle senz'altro.

Sui soldi invece disse no e no. Teneteli, non li vorranno neanche loro, sono certo. Poi si offrì di accompagnarci a casa.

Nel tragitto disse: Siete fortunate. La vecchia Fiat che guidava emetteva un suono spaventoso e soffiava in aria ciuffi spessi di fumo. Un miracolo che ancora partisse. Già quella sera Massimo avrebbe salvato i pezzi buoni, il resto era da rottamare. Enza annuì senza controllo. Si mostrò interessata persino quando lo sentì elencare uno dopo l'altro diversi modelli d'auto numerando cavalli e cilindrata. Nemmeno per un secondo trapelò la delusione di non aver trovato Mirco e gli altri. Anzi: cominciò a fargli domande.

Parlarono di musica e di concerti, dei cani che avevano avuto. Dal nulla, in un'uscita che non mi aspettavo, Enza rivelò la scritta che aveva trovato sul muro dopo la festa a casa sua. Nervosamente, come se fosse un'altra a parlare, disse puttana allargando le vocali. Poi rise d'imbarazzo.

Lui si mostrò sorpreso.

Veramente?

Veramente.

A quel punto lui escluse in modo assoluto i suoi amici. Non ebbe dubbi: è cosa da ragazza, disse. Invidia, gelosia. Cerca tra le tue amiche, suggerì. E fu chiaro che alludesse a Bruna.

Arrivarono a parlare anche di lei. Massimo aveva conosciuto il padre. Un brav'uomo, disse. Mite, sempre spaurito, assediato dalla moglie. Quell'altra, sua moglie: una pazza vera. Era stata lei a portarlo alla morte. Per farlo smettere con la musica aveva venduto i suoi strumenti. I soldi erano andati alla chiesa locale per rifare un vecchio muro.

Certo che gli è scoppiato il fegato, disse.

A quel punto eravamo già davanti a casa ma lui ancora continuava. Disse che ricordava benissimo quando Bruna era bambina. Sua madre si lagnava di avere in casa un diavolo. Diceva: Non sta ferma, la notte piange e grida. Negli occhi ha un fuoco brutto e fa paura. Le altre della sua età fuggono spaventate e lei si vendica: pizzicotti sulle gambe, sulla pancia.

Da che pulpito, disse.

In paese si raccontava ancora la volta che la bambina le portò in un pugno un cadavere di lucertola e lei la spinse col ginocchio. Le piccole costole non ressero al colpo. Rimase a letto per settimane.

Alla fine, in tono sbrigativo, sentenziò: Pazza era e pazza è rimasta. Sembrò che volesse dire dell'altro, invece scese dalla macchina, forzò in uno strattone la porta posteriore per farmi uscire. A Enza disse: Datemi quest'altra bici che avete e penso io a tutto. Poi subito dopo: Le cose che vi ho raccontato, meglio non dire niente. Delle volte straparlo.

12.

Le vecchie storie mossero confessioni. Dopo giorni di silenzi Enza ammise i suoi sospetti: a lungo si era interrogata su chi l'avesse offesa col pennarello sul muro. Alla fine aveva detto: Tale madre, tale figlia.

La sera che avrebbe voluto accusarla ci fu una nuova festa sulla spiaggia. Ci trovammo lì. Le intenzioni erano feroci: avrebbe preso Bruna da parte e l'avrebbe fatta capitolare. A singhiozzo avrebbe elencato i suoi dispiaceri, poi tutto il suo biasimo. Lei e quell'inutile invidia. Darle contro in quel modo. A che serviva, avrebbe chiesto.

Eppure quando la ebbe davanti la salutò appena. Alle scaramucce preferì una notte di felicità. Allora si appese alla prima bottiglia, bevve quello che riuscì in un solo sorso e cominciò a girare e girare. I maschi la raggiunsero come mosche a raccolta sul miele. Con lei ballarono e scherzarono. La affollarono di complimenti.

Bastò un giro d'orologio per vederla già lucida di sudore a mimare contentezze. Le braccia sventolate in alto, la bocca larga di riso, le gambe già molli impegnate in un ballo.

Solo nella voce era rimasta una nota inquieta che stonava ogni frase. Tanto che pure dicendo grazie, sei gentile, balliamo, il suono che partiva alto alla fine rovinava come un vetro lasciato cadere.

Così mi disse che non le importava: non le importava cosa potevano dire o non dire di lei. In un paio di settimane saremmo state lontano da quel posto. Avremmo ripreso le nostre vite, le solite compagnie. Tanto valeva lasciarsi andare all'allegria.

Poco dopo, nel cerchio del suo sguardo, avrei visto il motivo di ogni sua scelta: l'ombra tutta punte di Mirco si stagliava sulla riva, ogni tanto lui si voltava come per sbaglio e s'alzava in aria qualcosa che somigliava a un saluto.

Il resto della notte trascorse come in un sogno. Appena fummo tutti, il gruppo si unì in un capannello di corpi schiacciati. Si ballò senza premura di farsi lontani, cercando l'abbraccio dell'uno e dell'altro, saltando come ranocchi sull'acqua. Bevemmo e bevemmo. Nelle orecchie stordite le voci si facevano distanti più di un'eco lontana. Un suono di abisso, come di un boato sentito dal fondo del mare.

Qualcuno si esaltò più degli altri. Tonino, per esempio. Quando gli sembrò di non esser visto gettò a terra un grosso sputo e scaraventò in aria una bottiglia. Agli altri disse di sentire il battito del cuore in testa. E quella, pensai, era la descrizione esatta di ciò che sentivamo tutti. Battiti. Tamburi. Rintocchi.

Presto vennero a prenderci a braccia larghe, carichi di energia. Ci afferrarono in quattro per mani e piedi. Poi brancolarono fino alla riva con passi da ciechi, gridando come bambini divertiti. Enza e io appese: marionette di un prestigiatore fintamente offese dai fili. In realtà subito sceme, allegre.

Ci gettarono in acqua vestite, sbeffeggiandoci con canzoni di scherno. Poi si tuffarono anche loro con una capriola. Bastarono poche mosse sott'acqua per trovarceli accanto come improvvise folate di vento. In un attimo stretti, avvinghiati. Le guance in fiamme.

Dal niente si levò la sfida di raggiungere una barca ormeggiata al largo. I ragazzi divennero a un tratto impazienti, cominciarono a sbracciarsi per vincere la corrente.

Intanto gridavano: Forza, venite. Facciamo a chi arriva prima.

Vidi che Enza esitava. Con gli occhi miopi tentò di misurare la distanza tra la battigia e la barca, poi scherzò sulle sue scarse abilità da nuotatrice. Accampò scuse per restare a riva, e certamente è lì che sarebbe rimasta se Bruna non si fosse tuffata in mare all'improvviso.

La notammo solo quando riemerse dall'acqua, i piccoli seni costretti in un reggipetto a balconcino.

Fu lì che Enza cambiò le sue intenzioni. Appena vide che Bruna muoveva ampie bracciate verso i ragazzi si sentì incoraggiata a fare lo stesso. Così iniziò ad affannarsi per raggiungerla.

La seguii anch'io, ma presto fui scontenta della mia scelta e volli tornare indietro. La corrente era contraria e ci contrastava, esigeva una grossa fatica per nuotarle contro. Ebbi il timore che il mare s'alzasse ancora. Provai a chiamare Enza, ma lei già non mi sentiva più. Tornai indietro piena di preoccupazioni, volgendo ogni tanto la testa verso la barca, verso Enza che ancora nuotava. Mi chiedevo: e se non riuscisse a tornare? Cosa faremo?

Con ansia crescente mi misi a sorvegliarla dalla riva. Per un attimo la persi di vista nell'oscurità. Il cuore prese a martellarmi nel petto.

Dov'era finita?

Mi guardai attorno, forse cercando aiuto. Delle facce conosciute solo Mirco era rimasto lì, seduto nello stesso punto da tempo. L'aria svagata e quasi assorta. I pensieri altrove.

A lui lanciai un'occhiata insistente. Volevo dirgli: tu li vedi? Invece rimasi in silenzio. Provai a passargli la mia agitazione con il solo sguardo. Lui costrinse la bocca a un sorriso. Con una voce placida disse: Torneranno.

Mi voltai di nuovo. Cercai sul dorso del mare i segni del suo passaggio.

Poi finalmente la vidi. La gonna zuppa d'acqua le si era attaccata alle cosce. Le sue gambe snelle svettavano dalla barca come alberi di vela. Fui rinfrancata.

A bordo con lei c'erano Bruna e gli altri. Mi sembrò che ridessero.

Solo allora, quando li scorsi tranquilli a scherzare, mi dissi: che stupida. Di cosa ho avuto paura?

Alla vista del loro divertimento qualcosa di acuminato mi prese lo stomaco.

Fu il modo in cui tutti alzavano le braccia al cielo ondeggiando come in una danza, la loro risata sonora e, più del resto, la strana vicinanza che mi sembrò si ridestasse tra Enza e Bruna.

Per un momento fui certa di vederle abbracciate.

Strabuzzai gli occhi.

In mente ripassai i fatti come dovevano andare: non una discussione ma un litigio vero, parole forti e capelli strappati. Insulti di cui avremmo riso per giorni. Invece da dov'ero vidi che si parlavano tranquille e mi sentii senza fiato.

Quando provai a chiamarla la voce uscì di bocca piena di esitazioni.

Fu allora che Mirco mi disse: Rilassati, torneranno tra un po'. L'espressione era di chi parlava per esperienza.

Senza che me lo aspettassi mi disse: Siediti. Con un movimento veloce indicò lo spazio a lui vicino, poi pronunciò distintamente il mio nome. Ne fui sorpresa. Fino a quel momento non ci eravamo mai rivolti grandi attenzioni.

Per tutto il tempo in cui rimanemmo da soli parlò con gentilezza. Provò a mettermi a mio agio. Raccontò di sé, della sua infanzia disgraziata. Poi chiese della mia famiglia, così parlai di mia madre e di mio padre, del fratello che studiava fuori. Roma, dissi. Vuole diventare avvocato. Raccontai pure cosa mi avesse spinto in paese quell'estate, il modo tenero in cui Enza aveva detto: Accompagnami.

Appena feci il suo nome sviò il discorso: Come si vive a casa vostra?

Non seppi rispondere. Dissi piuttosto qualcosa di cui mi pentii subito: Mi chiedi come si vive? Scansando disastri. Come in ogni famiglia.

E già mentre lo dicevo pensavo: che stupida. Parlavo a un ragazzo senza fortune. L'attimo prima mi aveva raccontato di suo padre morto annegato, poi del grande incendio a cui era sfuggito da bambino, della cicatrice che ancora portava addosso, del nome scemo che gli avevano affibbiato: *lo scampato*. Adesso ci rideva su, ma per anni aveva temuto di sentire svegliandosi l'odore maledetto delle case che bruciano.

Come potevo aver detto una cosa simile? Chiesi scusa in un'occhiata.

Lui finse comprensione. Quanto a disastri, disse, ognuno ha certamente i suoi. Poi, quasi ridendo: Siamo tutti un po' scampati.

Allora risi anch'io.

A quel punto facemmo il gioco di chiederci come sarebbe stato spegnersi in quell'istante e rinascere a nuova vita. Lui alzò fantasie su case dall'aria solenne. Immaginò famiglie agiate, con l'attitudine marcata per l'arte o per la musica. Luoghi dove si nasce già poeti, già artisti. Lontano da quella terra di uomini storti, piegati a forza dal vento di mare.

Quando finì di parlare si trattenne un istante. Scosse la testa.

Disse che erano illusioni senza speranza, poi rise rumorosamente.

Adesso capivo il vero motivo per cui Enza si dava tanta pena. Trovai Mirco sensibile, intelligente. Non somigliava affatto al giovane strafottente e sfrontato che mi ero immaginata. Parlare con lui si rivelò addirittura piacevole.

Non riuscivo a levarmi di testa il momento in cui avrei raccontato tutto alle mie compagne di scuola. Così avrei detto: Un ragazzo bello, bellissimo. Poi la bugia: siamo rimasti da soli una notte intera.

Il tempo passò velocemente. Quando i ragazzi si lanciarono dalla barca per raggiungere nuovamente la riva nemmeno me ne accorsi. Fu lui a farmelo notare.

Stanno tornando, disse.

Vidi il branco di teste annaspare tra le onde. Riconobbi quella di Enza. A voce alta mi domandai cosa mai avessero fatto tutto quel tempo. Chissà, dicevo. E intanto esageravo un sospiro.

A quel punto Mirco fece per alzarsi. Lamentò un senso di stanchezza che gli provocava una leggera vertigine. Provò a giustificarsi: erano già molte notti che non dormiva.

Capii che in un attimo mi avrebbe salutato. Infatti subito disse: Adesso vado. Poi una promessa vaga: A domani.

La fantasia meschina di farmi trovare lì seduta a parlare con lui cadde all'istante. Ne fui scontenta. Lo stesso lo aiutai a raccogliere le sue cose.

Quando fu pronto salutò ancora una volta. Poi aggrottò la fronte, si cercò qualcosa in tasca.

Tieni, disse lanciandomi un'occhiata colpevole.

Mi porse un biglietto. Disse che era per Enza.

13.

Dalla barca tornarono di buonumore, eppure sguarniti di energie. Si accasciarono sulla battigia, uno di fianco all'altro. Più brutti. Trasformati. Le ombre sui loro volti disegnavano facce già vecchie: le palpebre ampie e livide, gli occhi lucidi. Pure il modo di esprimersi era cambiato: le parole uscivano di bocca con flemma da ubriachi. Le frasi erano perlopiù abbozzate, senza fine.

Enza raccontava di aver letto un libro che si concludeva proprio a quel modo: dei ragazzi sdraiati sulla spiaggia, insolitamente invasi da una sensazione di calma. Era così che si sentivano. D'un tratto meno irrequieti senza grandi ragioni. Tra loro si tenevano per mano.

Prima di mettersi lì a sedere tranquilli c'era stato un ultimo trambusto. Davide aveva tirato fuori in un sussulto di vomito tutto ciò che aveva bevuto. Enza e Bruna lo avevano aiutato a reggersi in piedi, si erano prodigate per bagnargli la fronte con un lembo di telo da mare imbevuto. Lo avevano infine incoraggiato a mettersi comodo suggerendo semplici raccomandazioni: Adesso riposa, non ti muovere da qui.

Intanto si chiamavano tra loro con nomignoli d'affetto: amore, tesoro. Dal nulla era riemersa la confidenza.

A quella vista di loro di nuovo amiche, di nuovo complici, il cuore si era fatto più pesante nel petto. Mi chiedevo: com'è possibile? Cercavo inutilmente di mettere insieme le cose per ricavarne un senso.

Solo un'ora prima non si degnavano d'uno sguardo, adesso invece Bruna le chiedeva la mano, commentava con premura le unghie arrotondate di Enza, diceva che erano mani di cui si ricordava. L'indice schiacciato e allungato, le dita curate senza ombra di pellicine.

Al confronto con le sue sembravano mani di signora, diceva.

Qualche giorno più tardi ne avrebbe disegnato una miniatura su un tovagliolo da bar. Un abbozzo veloce, eppure ben fatto. Enza avrebbe conservato quel disegno per anni.

Ripensai all'istante alle parole di Bruna, all'aria perfida con cui aveva parlato l'ultima volta in spiaggia davanti al suo gruppo di amiche. Mi venne il dubbio che fosse tardi, adesso, prendere Enza da parte, rivelarle ogni frase, ogni offesa. Dirle: non fidarti di quella ragazza. Stalle alla larga. È stata lei: è stata certamente lei a scriverti puttana di nascosto.

Ci provai una volta. Mi avvicinai a Enza mentre era ancora in piedi, la presi sottobraccio tirandola un po' dalla mia parte. Lei fraintese il gesto, mi gettò le braccia al collo.

Disse: Se ci vedessero così.

Si riferiva a sua madre, ma soprattutto alla mia. Infatti fu la prima voce che imitò: Starete in casa per mesi, disse col tono più acuto che le riuscì, poi rise col cuore finalmente sgombro, felice.

Ridemmo insieme, e presto ogni discorso sembrò scomporsi da solo nella mia mente. Persino il biglietto consegnatomi da Mirco: d'un tratto ignorato, dimenticato dentro a una tasca. Così molte altre cose: il fatto che fosse tardi, tardissimo, e nessuna delle due aveva in mente di dire: andiamo.

Neanche il pensiero che sua madre potesse aspettarci o, peggio, uscire in strada a cercarci riuscì a smuoverci.

Anche quando la festa sembrò disgregata ci sdraiammo sulla battigia insieme ai pochi rimasti. Lì contemplammo il cielo e le stelle. Inventammo nomi di costellazioni, storie mitologiche.

Enza indicò una fila di stelle sopra di noi e raccontò compiaciuta la leggenda di Orione. Disse che era un gigante nato dall'orina di Giove.

Subito Tonino scherzò: Deve essere stata una grande pisciata.

Quell'uscita veloce suscitò l'ilarità di tutti. Scoppiammo a ridere sguaiatamente. Un riso convulso, tutto singulti.

Tonino rise più degli altri, intanto mi cercava con lo sguardo, controllava che ridessi anch'io. Con pochi movimenti misurati mi fu vicino, un braccio sulla spalla. A quel punto si batté il petto per schiarirsi la gola, si disse stanco delle chiacchiere. Seguì un lungo silenzio in cui tutti restarono immobili. Statue, fantasmi.

Eppure nel volto di ognuno si scorgeva come un lampo, un folgore.

Era quello il bello delle sere d'estate passate così: riscoprire al termine della notte un guizzo di felicità. Una voce interiore che dura un attimo e dice: è tutto bello, è tutto giusto.

E già l'attimo dopo non esiste più.

14.

A casa trovammo ogni cosa impacchettata e imbustata in un angolo della cucina.

Angela ci attendeva seduta coi gomiti inchiodati al tavolo, i capelli tra le dita. Quando ci sentì entrare sollevò la testa in un sussulto. Aveva il viso segnato, gli occhi larghi, arrossati. Capimmo che aveva pianto.

Dove siete state? chiese. Vi sembra l'ora di tornare?

La bocca contratta in un tremito nervoso.

Enza scrollò le spalle. Farfugliò qualcosa su una festa in paese. Disse che avevamo incontrato degli amici. Era stata una serata divertente, il tempo era volato via. La voce era insolitamente solida, nulla tradiva lo stordimento della notte appena trascorsa.

Angela non la lasciò finire. Basta, disse e batté il palmo sul tavolo. Un colpo secco, sufficiente a zittire la figlia. Poi ritirò in fretta la mano, si guardò le dita come si guarda un'allucinazione. Fu chiaro che non aveva dosato la forza.

Con le labbra ancora tirate ci ordinò di sistemare le nostre cose. Disse che saremmo partite l'indomani. Che quella vacanza s'era rivelata un errore, un disastro.

Enza a quel punto diventò pallida, si irrigidì.

Non abbiamo fatto niente di male, disse.

Questo lo dici tu.

Nel giro di poco cominciarono a litigare. Angela parlò con poche frasi sconnesse, piene di spazi, come se non avesse abbastanza fiato per dire tutto. Non riconosceva sua figlia. Chi era l'adolescente che le stava davanti. Chi era la ragazza che si riempiva la bocca di bugie. Il tono si alzò velocemente: Sono giorni che mentite. So cosa fate. So con chi uscite. So tutto. Mela lo diceva che quella era una brutta compagnia: sono delinquenti. Vi fate trascinare da un pugno di delinquenti.

A quelle parole Enza scosse il capo: Non è così. Vidi che si premeva il petto con la mano, era pronta a giurare.

Tutto inutile: Angela le parlava sopra. Fece l'elenco delle cose che le avevano riferito: un gruppo di drogati, vanno in giro a rubare, fanno male alle ragazze, fanno cose storte. A quel punto esasperò la voce: Non dovevo lasciarvi uscire.

Quando Enza glielo chiese rivelò che era stata la madre di Bruna a parlare: per gli stessi motivi litigava con la figlia. Notti da tiratardi passate a bere a fumare, poi chissà che altro. Raccontò velocemente quello che sapeva: il più innocuo di quei ragazzi era stato due volte in prigione. Vengono da famiglie cattive. Sono barbari, non sanno vivere.

Enza la guardò con gli occhi indiavolati. Come parli, disse. Non sai che cosa stai dicendo. Sono io che non ti riconosco: racconti per giorni quelle storie passate, dici che Mela semina voci perfide, e poi cosa fai? Credi alla prima cosa che dice.

Sono passati vent'anni, disse Angela.

L'hai detto tu che la gente dei paesi non cambia mai.

Fu in quel momento che suonò il telefono. Angela prese il ricevitore e se lo portò all'orecchio, con la voce tremante disse: Sono tornate. Poi fece un cenno del capo a Enza, le passò la cornetta. In lontananza sentii la voce attutita di suo padre, ne fui sollevata.

Con lui Enza cambiò atteggiamento. Ingentilì la voce e la postura, si affrettò a dire che stava bene, che aveva trascorso una serata serena, fece più volte il mio nome.

Decise di raccontargli qualcosa perché potesse valutare lui stesso. Inventò una versione edulcorata della verità: disse che eravamo state in spiaggia con alcuni amici. C'era la musica, si era ballato. Lo implorò di capire.

Non abbiamo fatto nulla di male, ripeté a lui.

Sua madre intanto la guardava con un'espressione di impotenza, di stanchezza. Le osservava la gonna che ancora stillava acqua marina, i capelli umidi e mossi.

Non disse niente, ma il suo sguardo parve concentrarsi in quel dettaglio che forse notava solo ora: la gonna mal strizzata di Enza, il modo in cui il tessuto aderiva come pelle alle sue gambe secche.

Solo un attimo prima quella vista avrebbe acceso una nuova discussione, invece, per qualche ragione, adesso che Enza parlava a suo padre, Angela sembrò acquietarsi.

Quando Enza ebbe finito si scambiarono ancora il ricevitore.

Angela salutò il marito. In un francese fasullo aggiunse: *Au revoir*.

Appena riattaccò parlò con voce mitigata.

Disse: adesso andate a dormire, ma domani ce ne andiamo.

Le valigie furono pronte già quella notte. L'approssimarsi della partenza aveva tolto il sonno a entrambe. Le portammo in cucina insieme alle altre mentre Angela ancora dormiva. Passammo distrattamente in rassegna gli ultimi armadietti senza aspettarci di trovare un granché. Molti erano ancora ingombri di vecchie cianfrusaglie e ninnoli raccolti in tutta una vita. Riconobbi la cassetta da cucito di nostra nonna. Quella parte di casa conservava ancora il suo odore.

In seguito, quando avremmo ripensato e raccontato quel momento, avremmo detto che arrivati a quel punto il progetto non era ancora formato. Enza difatti parlava normalmente, diceva: Questo lo abbiamo preso, questo pure. Per tutto il tempo aveva conservato una faccia placida che copriva ogni sconforto. Sembrava davvero che si fosse rassegnata alla decisione della madre. D'un tratto aveva smesso d'insultarla. Aveva raccolto le sue cose senza rabbia, senza affanno. A me aveva detto: Va bene così.

Intanto si aggirava per la stanza col passo incerto. Ogni tanto le tornava in mente qualcosa e allora si accasciava sui borsoni, frugava nel fondo, poi, come fanno i bambini, dava un nome a ogni oggetto che le capitava in mano: spazzola, libro, rossetto.

Quando le prime luci del sole si allargarono sulla stanza, i suoi capelli si riempirono di riflessi, lo sguardo pure.

Fu forse lì che intravidi la piccola incandescenza degli occhi.

Allora capii. La guardai. Non aspettai che parlasse, le dissi: Non ci pensare.

L'attimo dopo eravamo già per strada, due zaini in spalla. Il passo prima sorvegliato, poi veloce, velocissimo.

Peccato

1.

A quell'ora del mattino il paese era ancora deserto. Vedemmo gli ultimi lampioni spegnersi. Lentamente, una dopo l'altra, le piccole luci che fino a prima vacillavano sfumarono in un riflesso opalino. L'aria sulle nostre teste prese il colore del vetro e del latte. La strada del mare, sgombra di gente, divenne presto un lungo imbuto luminoso. Lo attraversammo di corsa.

Per un tratto che sembrò infinito inseguimmo il filare di palme, il piccolo muro di cinta che divideva la strada dal mare.

Ci pentimmo di non aver preso le biciclette. Pensavamo, correndo, di poter arrivare lontano, almeno fino al punto in cui l'asfalto terminava e lasciava spazio al vento e a piccole radure incendiate. Invece ci ritrovammo presto esauste a non sapere dove andare.

Enza mi fece segno verso il mare. Disse di volersi sedere per rischiarare le idee. Per un attimo le lessi in viso l'intenzione di tornare indietro.

Controllammo l'ora. Sua madre poteva essersi già svegliata. Ce la figurammo mentre attraversava le stanze chiamandoci per nome, la voce incrinata al solo sospetto di non trovarci. Immaginammo lo stato di allarme con cui avrebbe afferrato il telefono e composto il numero di Pietro, di mia madre. D'un tratto non eravamo più convinte di nulla.

Lo stesso ci spingemmo fin sulla spiaggia. Scegliemmo l'angolo più nascosto: una virgola di terra ricavata all'ombra di una roccia.

Ci sistemammo in quel punto come meglio si poteva, usando la massima cautela. Attorno a noi tutto sembrava muto. La spiaggia rimaneva una lunga distesa brulla e immobile.

Nessuna delle due ebbe il coraggio di chiedere: e adesso?

Piuttosto scegliemmo la stranezza: non parlare affatto. Fingerci calme, tranquille. Villeggianti in riva al mare. La testa indirizzata al sole.

Chiusi gli occhi e mi sembrò di essere ancora a letto. È un sogno, mi dissi. Mi sveglierò tra poco. Sentirò tra le stanze la voce indistinta di Angela. Verrà a svegliarci e a chiederci se stiamo bene. Imbastirà un sorriso: il sonno, da solo, avrà fissato la tregua.

Invece sentii un colpetto sulla spalla. Enza capì che ero agitata, volle mettermi a mio agio. Cominciò a parlare come un fiume impetuoso, vantò la nostra insolenza.

Disse: Ricorderemo questo momento per sempre. La voce però suonava già contraffatta.

Per fortuna qualcosa ci distrasse.

Enza si zittì di colpo. Con la mano alzata indicò in lontananza una parte di mare inghiottita dalla nebbia.

Lì in mezzo, si muoveva adagio un puntino di luce dorata. Come portata dal vento, la luce scompariva un istante, poi tornava visibile. Non era chiaro da dove avesse origine, se dall'acqua o dal cielo. Vedevamo solo il puntino muoversi tra la foschia come una piccola fiamma viva.

Giocammo a indovinare: nave, stella, lucciola, aereo, ufo, dio.

Tornarono fantasie lontanissime.

A un certo punto, senza che davvero si diradasse la nebbia, ci sembrò di riconoscere attorno alla luce il profilo di una barca. Il bagliore, pensammo, doveva provenire da un lanternino appeso alla punta di prua. Allora volarono ipotesi di ogni tipo.

Sulla barca inventammo prima un uomo, poi una donna. Oppure entrambi, chissà. Forse un amore, forse una fuga.

In un attimo eravamo di nuovo bambine, il tempo non era passato.

Anche la voce era tornata infantile.

Enza sembrò divorata dall'entusiasmo. Fece una pausa, poi dimenticò ogni prudenza. Tentò una breve corsa verso la riva, infine gridò come una ragazzina.

Intanto si sbracciava a vuoto guardando al mare, alla nebbia.

Poi a me: Vieni, Annina, dai.

Per un momento pensai al biglietto di Mirco che ancora conservavo in tasca.

Adesso glielo do, mi dissi.

Invece la raggiunsi e basta. Imitai la sua contentezza.

In poco tempo ci ritrovammo a saltellare in cerchio. Allegre, finte scalmanate.

Non lo dissi, ma questo pensavo: chiunque ci guardasse da dietro vedrebbe due amiche godersi il vento, il mare di agosto. Direbbe: Che meraviglia la loro età. Per loro è tutto facile, è tutto bello.

Mai penserebbe a quanto può essere triste – ridicola, disperata – una mattina d'estate quando si è solo ragazze.

2.

Quando il sole fu alto nel cielo Enza decise che bisognava cercare un altro posto dove andare. Scegliemmo di camminare lungo la riva, guardandoci bene attorno, indicando vari scorci. Io rimanevo attaccata al suo braccio.

Da più piccole conoscevamo bene quel tratto di spiaggia. Era dove ci portavano le madri a passeggiare in costume. Pure chiudendo gli occhi avremmo saputo recitare dove si trovava una pietra e dove l'altra. Adesso che la costa era cambiata, quelle memorie tornavano a grappoli: qui è dove c'era lo scoglio grandissimo a punta. Qui è dove ci fermammo una volta, ricordi?

Finalmente provavo per lei un affetto fortissimo. Mi dicevo: ecco dove sono andati gli anni perduti. Li abbiamo ancora tutti dentro. Li avremo anche domani. Questo è il senso del tempo: saremo ancora testimoni delle cose che accadono, testimoni delle cose accadute.

Enza mi guidò per un lungo tratto col passo confuso. Ogni tanto si fermava, tendeva l'orecchio, si voltava di scatto verso una direzione, poi tornava a camminare.

L'andatura vaga e incerta, come se stesse scoprendo in quel momento l'abilità dei piedi.

Lo stesso mi diceva: Seguimi. La voce solida e impostata, eppure amica.

Così feci.

La strinsi più forte cercando di mostrarmi allegra. Poi mi affidai completamente al suo istinto.

Quando arrivammo mi cercò la mano. La prese dentro la sua. Un pugno nel pugno. Credeva senza dubbio di farmi effetto portandomi lì dove voleva. In realtà la cosa non mi sorprese un granché. Sapevo dove eravamo dirette.

Già da lontano, vedendo lo strapiombo roccioso che dalla strada scendeva verso la riva, Enza aveva detto: Ci siamo quasi. Poi aveva affrettato la marcia.

In poco tempo eravamo di nuovo lì, nel luogo in cui tutto era iniziato.

E le cose erano pressoché identiche all'ultima volta, solo più familiari: il ritaglio di spiaggia insolitamente affollato, le file di ombrelloni mal distanziate, i teli cambiati per tende. Persino l'ingresso lercio del tunnel di scolo che avevamo attraversato con Bruna aveva un aspetto meno ostile.

Ancora una volta cercavamo i ragazzi, le loro tracce. In un solo sguardo vagliammo ogni viso presente. Le donne, quelle larghe e sudate distese pigramente al sole, le altre con le gambe in acqua e la pancia intirizzita dal freddo. I pochi uomini villosi e pettoruti, i grossi addomi spugnosi. I bambini, maschi e femmine di età diverse, raccolti in bande rumorose.

In tutti loro inseguimmo la somiglianza, la parentela. Il dettaglio che ce l'avrebbe svelata. Quella deve essere la sorella di Tonino, dicevamo della ragazzina alta e magra dai grandi denti. Quell'altro invece è parente a Mirco: cugino o fratello, gli stessi occhi fieri.

I ragazzi arrivarono di lì a poco facendo baldoria. Già a distanza si annunciarono con fischi e schiamazzi da cortile.

Li accolsero i fratelli e le sorelle. I più piccoli allargarono un cerchio attorno a loro imitando il volo dei gabbiani, poi si diradarono in fretta correndo verso il mare.

Allora ci avvicinammo. Scaricammo a terra il peso delle gambe. Ci lasciammo avvolgere dai saluti, dalle domande.

Che ci fate qui? chiesero tutti.

Intanto guardavano noi, gli zaini che avevamo sulle spalle.

Persino Mirco si mostrò interessato. A Enza domandò: Dove andate?

Poi, senza che lei se lo aspettasse, le scompigliò i capelli con una mano.

Lei sorrise d'imbarazzo, subito si ravviò il ciuffo che le era caduto sugli occhi. In una voce che non le riconobbi disse: Non andiamo da nessuna parte.

Prima di uscire, quella mattina, avevamo contato i soldi nel borsellino. Le centomila lire che Enza aveva rubato a sua madre erano ancora lì. Avevamo denaro a sufficienza per dormire due o tre notti fuori.

Sebbene il piano fosse ancora nebuloso, l'idea iniziale era stata quella di nasconderci per l'intera giornata e poi pagare una stanza d'albergo dove trascorrere le ore più buie.

Con una sicurezza fasulla, fessa, avevamo pensato di comprarci due grandi cappelli da signora e inventato due nomi per chiamarci l'un l'altra. Due nomi americani e tutti consonanti, da film.

Ecco il genere di fantasie che ci aveva attraversato la mente: sorseggiare caffè al tavolo di un bar conciate a quel modo. Turiste, viaggiatrici. Ordinare un gusto nuovo di gelato, consultare i giornali. Enza e io, i cappelli, le nostre ombre adulte.

Poi le paure: che scenata avrebbe fatto sua madre se ci avesse viste. Ci avrebbe preso per i vestiti e subito minacciato: Filate a casa o finisce male.

Così avevamo iniziato a correre, a correre davvero forte.

E alla fine della corsa eravamo di nuovo lì, forse non ce n'eravamo mai andate.

3.

Di giorno la cantina aveva tutto un altro aspetto. Sgombra e muta a quel modo, ci era sembrata entrando un luogo ancora sconosciuto. Il pavimento rosso e lucido che quasi rifletteva le ombre dell'intera stanza la faceva somigliare in modo sospettoso a un largo ventre buio. Un ventre freschissimo.

I primi momenti camminammo avanti e indietro guardandoci attorno come se non fossimo mai state lì. Ci venne persino da commentare l'arredamento scarno, la luce insufficiente. Fiato sprecato. Massimo aveva ancora il viso segnato dal sonno, lo sguardo pesto di chi è stato bruscamente svegliato. Non ci ascoltava. Però aveva detto: Fate come se foste a casa vostra.

Un attimo prima, in spiaggia, i ragazzi ne avevano lodato la benevolenza. Avevano raccontato della volta che Massimo aveva ospitato per dei mesi due fratelli albanesi di vent'anni. E di un'altra volta che tutti loro avevano vissuto da lui per settimane, dormendo su materassini da mare e mangiando solo frutta e formaggio spalmabile. Quale albergo, avevano detto sentendo i nostri piani. Quale albergo, non scherzate.

Allora Enza aveva detto: D'accordo. Poi aveva sorriso. Le era piaciuto immaginare, come poi davvero accadde, di rimontare in sella ai motorini, a coppie, scorrazzare un po' per il paese, fare a gara a chi corre di più, lasciarci inghiottire dal vento. Infine risalire la vallata e tornare in quel luogo che già le abitava con forza i ricordi.

Non aspettatevi meraviglie, aveva detto Davide scherzando. Massimo è gentile, ma casa sua, l'avete vista, è un vero schifo. Allora erano fioccate ironie e battute di ogni tipo, racconti esagerati. Su quel punto si era persino litigato. Qualcuno aveva dubitato della sincerità di alcuni aneddoti. Altri avevano rincarato la dose con dettagli osceni. Su una cosa però erano stati tutti d'accordo: Massimo ci avrebbe accolte senza aprir bocca.

Per tutto il tempo della nostra permanenza – due giorni, due notti – non lo vedemmo un granché. Sapevamo che dormiva al piano di sopra. Lo sentivamo, ogni tanto, scendere a lavarsi i denti oppure a radersi nel piccolo bagno del seminterrato. Per il resto, sapevamo che aveva il suo da fare. La sua famiglia possedeva un piccolo appezzamento di terreno coltivato a nespoli e vigne. Era lì che passava le sue giornate insieme ai cinque fratelli e sorelle. La notte invece preferiva la compagnia di un ragazzo francese dai capelli lunghi, un certo Pierre, con il quale divideva spesso il letto e che noi non conoscemmo mai.

Gli onori di casa li fecero gli altri al suo posto. Davide tirò fuori una coperta da un vecchio comodino e la depositò su una sedia vicina. Poi si prodigò al massimo per sgombrare il grande tavolo da tazze e piatti sporchi e addossarlo al muro per ricavare spazio. Tonino s'impegnò a gonfiare a fiato un grosso materasso ad aria. Mirco raccolse da terra alcuni vestiti buttati lì alla rinfusa, svuotò i posaceneri, poi si defilò per alcuni minuti. Al suo ritorno teneva in mano una busta: pane e frutta, diverse bevande gassate. Le dita gli tremavano come sorprese dallo stupore.

Stare qui vi piacerà, disse.

Al netto delle poche banalità, lui e Enza non si erano ancora parlati. Si guardavano. Controllavano ciascuno i movimenti dell'altro. Si sprecavano in cortesie: Prima tu, grazie, prego.

Fui contenta di tanta prudenza. E, anzi, feci di tutto perché durasse.

Per l'intera mattina mi tenni incollata a lei. Non la lasciai un secondo.

Non avrei sopportato l'idea di interrompere il nostro idillio per veder tutto ridotto al suo delirio amoroso.

Non può farlo, mi dicevo. Non di nuovo. Eppure, tutte le volte che mi voltavo a guardarla non desideravo altro che immischiarmi in quel gioco. Essere messa a parte del suo sentimento. Questo volevo: entrarle nella mente, vedere ciò che vedeva, sentire ciò che sentiva.

Accadeva di nuovo come in quel tempo lontano. Enza bambina, col volto assediato da pustole e febbre. Pallida, dimagrita. Nuda e bianca al centro della vasca, le vescichette in vista. Non solo sul viso, ovunque. Pizzicano, diceva. Pizzicano. Le gambe in furia: pesce, anguilla.

Io che dovevo starmene buona da parte e invece ero lì. L'occhio vigile sulla serratura, il cuore in tumulto. Poi l'audacia: la porta che si apre, il salto, pluf.

In un attimo eravamo insieme: la stessa acqua infetta. Noi vicine, inseparabili.

Lo ricordo come fosse ieri.

Ricordo anche le settimane a seguire. L'attesa inutile del virus: controllare ogni giorno la temperatura, la pelle.

Non perdere la fiducia.

Ritrovarsi, anni dopo, a sperare ancora in un contagio.

4.

Di quei due giorni passati alla cantina ho in mente soprattutto i rumori: il ronzio del rasoio elettrico che trovammo nel bagno e che Enza usò per depilarsi le gambe, lo sfarfallio cartaceo del piccolo ventilatore che la notte soffiava forte sulla nuca, il rubinetto che fischiava nell'aprirsi, lo sfrigolio di sigarette accese, i tappi di bottiglia che saltavano a terra, il loro tonfo secco, lo schiocco dei baci e dei lunghi lacci di cuoio delle scarpe sciolte di Massimo, poi quel nostro letto di gomma, il suono inconfondibile – sgnek sgnek – come di stivali da pioggia bagnati sul pavimento.

La notte di Ferragosto – la prima che passammo lì dentro – ci furono canti e musica. Simone era a suo agio mentre suonava la chitarra e tutti lo ascoltavano. Brani perlopiù conosciuti ma anche motivi di buona presa su cui inventava rime all'istante.

Intanto si rideva e si ballava attorno al grande tavolo imbandito. Enza e io avevamo voluto sdebitarci per l'accoglienza comprando ogni sorta di stuzzicherie e vino in quantità. Nel pomeriggio avevamo razziato una bottega, piccola come una miniatura e defilata dal paese. Da una cabina vicina avevamo telefonato a Bruna. Lo ammise più tardi: a sentire la voce di Enza le si erano piegate le ginocchia. Angela ci aveva cercate ovunque e pure lì. Le dita sussultanti, da madre, si erano appese al suo campanello di casa. Quando Mela aveva aperto la porta, il viso di Angela era pallido e vuoto.

Le ragazze sono andate via, aveva detto.

C'era stato un breve indugio, forse un saluto, poi l'avevano guardata allontanarsi. Le scarpe chiassose sul pavimento, come un palpito selvaggio dentro al petto.

Fino ad allora non avevamo quasi mai parlato delle conseguenze. Sapevamo che ci avrebbero cercate. Che saremmo finite nei guai. Formulavamo in mente le scuse più assurde: non volevamo, ci hanno rapite. Eppure il pensiero di tornare a casa non ci aveva sfiorate nemmeno un secondo. Neanche dopo.

Era più forte il senso d'avventura, di impazienza. Mai, mai più – dicevamo – succederà di sentirci così.

Divertimenti fatti di nulla.

L'allegria sentita nell'addome, nella gola.

Questo cercavamo.

Anche adesso che so come andarono le cose, non rimpiango quella prima notte. Mi vedo ancora, la gonna di jeans che quasi toccava a terra e mi faceva apparire lunga e bella. L'immagine allo specchio: le guance accese, torturate dalle mani; gli occhi duri e lucenti, segretamente inquieti; la tenera fierezza del sorriso.

La certezza che lì, in quello spazio di teste insolitamente animate, si nascondesse certamente qualcosa. Qualcosa che non potevamo ancora conoscere. Che bisognava scoprire poco a poco. Scorgere, forse, in una smorfia o in un battito d'occhi.

Bruna aveva lavorato come cameriera una volta. Lo disse mentre versava da bere e distribuiva intrugli alcolici fatti per rovinare lo stomaco.

Davide l'aveva provocata dicendo che era meglio che si interessasse ancora a qualcosa: un lavoro, un ragazzo. Negli ultimi giorni l'avevano vista strana, quasi ostile. Hai le tue cose? Aveva chiesto lui credendo di essere divertente. Lei in tutta risposta aveva riso. Poi aveva detto: Ho sempre le mie cose.

Un attimo dopo gli aveva rovesciato in testa un secchiello di acqua e ghiaccio.

A quel punto era cominciata la festa.

I ragazzi ci avevano rincorse come spronati alla guerra.

In mano avevano bicchieri e bottiglie piene. Ne avevamo anche noi.

Ci sfidammo, maschi e femmine, a chi uscisse più fradicio. Intanto si rideva e si gridava: Aiuto, basta, tregua.

Quando Tonino mi si appese al braccio strillava e sudava, quasi non riusciva a respirare. Fermati, mi disse, fermati. E appena fummo vicini, forse per sbaglio, ci scambiammo un bacio cercando in tutti i modi di contraffare il gesto.

Lui si mise a scherzare. Disse scusa, non volevo.

Io finsi indifferenza, mi guardai attorno.

Guardai Enza e Bruna che ancora correvano. I capelli zuppi come sorpresi dal temporale.

Sperai che nessuno avesse visto la scena: quel bacio incerto e brutto.

Lui che si tira indietro e dice: Non volevo.

Mi dicevo: se fosse successo a loro, se qualcuno le avesse baciate, anche per sbaglio, mai e poi mai avrebbe smesso. Mai e poi mai avrebbe detto: Non volevo.

Affrettai il passo. Non lo guardai nemmeno.

Che stupido, mi dissi e da quel momento diventai con lui irascibile, cattiva.

Quando tornò da me più tardi con la bocca larga di gioia gli chiesi di portarmi da bere e dopo lo respinsi malamente.

Non sospettavo ancora, nei ragazzi, la timidezza, l'impaccio.

Intanto mi passavano davanti immagini e immagini: Enza saltava da una parte e dall'altra facendo ghigni e versi. La voce pazza diceva: Prendimi. E subito scappava divertita, cercando di non perdersi Bruna che la seguiva da vicino. Davide dietro di loro, acceso dal divertimento, sperava di raggiungerle per sollevarle di peso e caricarle sulla schiena facendole girare scherzosamente in tondo.

Presto si aggiunse altra gente. Arrivarono almeno in dieci, ragazzi e ragazze.

Tra loro riconobbi le tre sorelle che avevamo già visto in spiaggia e poche altre facce conosciute. Un gruppo rimase tutta la sera seduto a zufolare canzonette, altri ballarono fino a sfiancarsi.

Si formarono delle coppie. Le ragazze si lasciarono baciare e pizzicare sotto ai vestiti. Tutte parevano bellissime: i capelli pettinati, i volti accesi dal trucco.

Una in particolare mi colpì per l'energia di femmina che metteva in ogni sua mossa. Il modo in cui i suoi occhi affondavano nel silenzio. Come piegava la testa di lato, lasciando il collo scoperto. I movimenti delle mani. Le dita sottili e veloci come zampe di ragno.

Tutte quelle ragazze, pensavo, avevano dentro qualcosa che i maschi sapevano, cercavano.

Eppure quando Enza e Bruna si misero a ballare tra loro come avevano fatto anche la prima volta che eravamo state lì, gli occhi di tutti furono come rapiti e pure i miei.

Adesso lo sapevo. C'era in loro dell'altro: un segreto, un richiamo. Una forza che si prendeva addosso tutto.

Anche Mirco le guardava ai margini della stanza con l'aria stordita. Intanto beveva. Era tra i pochi usciti illesi dai giochi d'acqua. Il suo ciuffo scuro spostato su un lato era rimasto curiosamente asciutto. Gli svettava in cima alla fronte come una cresta di gallo.

Quando si fece vicino, si accese una sigaretta e me ne offrì una. Al polso portava bracciali di cuoio spessi due dita. Indicò Renato in un angolo che barcollava e si teneva la testa tra le mani, poi rise. Aspettò che ridessi anch'io, ma capii subito che non era lì per quello.

Infatti mi chiese di Enza. Volle sapere del biglietto, parlando sottovoce e tirandomi quasi per un braccio al modo delle anziane in vena di confidenze.

Che ha detto? chiese.

Non ha detto niente.

Non può essere.

Invece sì, risposi io senza guardarlo. Guardando piuttosto la tavola ormai rozzamente sguarnita, ingombra di soli bicchieri svuotati e tovaglioli sporchi di cibo.

Ripensai al momento in cui mi ero portata in bagno il suo biglietto leggendolo per intero. Riuscii a immaginarmi di nuovo il corsivo frettoloso, la fila di frasi amorose: *ti penso ancora, ti penso sempre*. Poi la richiesta vaga con cui la salutava: *Ci sono cose che devo spiegarti. Vediamoci da soli, io e tu.*

Infine il movimento veloce con cui avevo stracciato tutto.

Due parti, quattro, otto.

Non so perché lo feci. Eppure con quel gesto mi sentii forte.

Anche adesso, mentre mentivo a Mirco, provavo lo stesso.

Il modo in cui avevo parlato – la sottile franchezza con cui avevo coperto l'accento – riuscì a compiacermi. Lui se ne accorse. Fece uno strano sorriso. Affettuoso ma triste.

Allora rincarai la dose.

Gli dissi: Si vede che non le interessa.

Non volevo che la loro storia, che poco aveva degli amori che ci saremmo sognate a quell'età, guastasse la fantasia che lei stessa m'aveva messo in testa.

È la nostra estate, aveva detto una sera. La nostra e di nessun altro.

5.

Avevo creduto che quel momento da solo riuscisse a mettere fra loro una lieve distanza. Invece mi sbagliavo. Mirco non le scollò gli occhi di dosso per tutta la sera. Ci furono attimi di imbarazzo: ogni volta che lei si voltava e lo scopriva a guardarla, ogni volta che con scarsa naturalezza riabbassava lo sguardo e lo rialzava altrove. Poi il momento in cui si unirono i bicchieri in alto per un brindisi e loro si trovarono vicini, gomito a gomito, continuando a ignorarsi.

Infine quel breve litigio con Davide.

La discussione tra di loro si animò l'attimo prima di uscire. Si era scelto di fare un giro in paese per vedere da vicino il bel falò che ogni anno quella notte accendeva la spiaggia. Enza e io fummo al centro della polemica: era facile immaginare che ci avrebbero trovate; lì, unite al capannello di gente che osservava i fuochi.

Non poteva esserci luogo, quella sera, meno sicuro.

Perciò litigarono: Davide sosteneva che la confusione sarebbe stata anche troppa perché qualcuno potesse accorgersi di noi, Mirco ripeteva invece che bisognava essere cauti e rimanere lì dove eravamo.

Sei un'idiota, sai il casino che c'è. E chi le vede lì in mezzo?

Sono io l'idiota? Tu proprio non ci arrivi.

A nessuno dei due venne in mente di interpellarci.

Presto fu chiaro che non si trattava di una differenza di vedute. Il vero motivo di quel diverbio era un altro. Difatti, anche quando la decisione fu presa, continuarono davanti a tutti, e specie davanti a Enza, a dar prova di virilità facendo la voce grossa.

Anche i toni si accesero. Mirco si disse pronto, con un pugno, a fargli saltare via i denti. Davide mostrò in una smorfia il suo ghigno peggiore.

Li credemmo intenzionati a picchiarsi. Invece tutto si risolse presto in un abbraccio energico di scuse sussurrate all'orecchio.

Era già notte da un pezzo quando lasciammo la cantina.

Tonino aveva troncato ogni discussione suggerendo di spostarci in macchina per non dare nell'occhio e quell'idea era piaciuta a tutti. C'era stato un breve entusiasmo di mani. Qualcuno aveva urlato: Bravo, bravo. Poi eravamo corsi fuori presi dal divertimento.

Non avevamo inteso, noi ragazze, il motivo di tanta euforia. C'eravamo lasciate trascinare dalla baldanza. Avevamo allungato le mani e afferrato quelle dei maschi che dicevano: Andiamo. Poi tutto era venuto da sé.

Quando vedemmo Tonino forzare la portiera di una vecchia auto con l'aiuto di una gruccia da armadio non ci badammo granché.

Sapevamo che a quel punto sarebbe stato troppo tardi per tirarci indietro, e ormai ci sentivamo parte di un mondo nuovo, perciò ci venne anche da ridere quando vedemmo il nostro amico brigare con tutti quei fili elettrici per provare a far partire l'auto.

Ci riuscì davvero. Il motore si accese e l'auto avanzò a scatti per un piccolo tratto, poi guadagnò stabilità nel tragitto. Gli altri ci seguirono sui motorini.

Lungo tutta la strada si cantò a squarciagola coi finestrini spalancati. Enza e Bruna, al mio fianco, si tenevano per mano. Rosse in volto, spettinate, eppure perfettamente a loro agio.

Il fresco della notte premeva sulla faccia, induriva gli angoli della bocca, regalava sorrisi. Il vento disperdeva i nostri canti di festa.

Arrivammo al falò in quello stato di profonda eccitazione, ridendo e scherzando. Il pensiero di aver grandemente superato il limite della prudenza incoraggiava ogni divertimento.

Dicevamo: Finiremo in carcere.

E giù risate.

Presto fummo sopraffatti dalla confusione. Il lungomare era un budello di tavoli e sedie scompagnate, banchi di venditori ambulanti, chioschi. Ancora si friggevano calamari e pesci di paranza.

Ovunque si mangiava e si ballava.

Le donne sfoggiavano per l'occasione scollature frivole e gioielli. Sottobraccio tenevano uomini dai petti larghi che sudavano. I bambini non dormivano, continuavano a giocare con gli occhi piegati dal sonno. Ogni tanto si stringevano alle madri in pianti acuti e lacrime tirandosi dietro sospiri. I più grandi scorrazzavano ubriachi tra la strada e la spiaggia sollevando ogni dove un gran chiasso.

Lì in mezzo avanzammo con cautela, in macchina fin dove ci fu permesso, poi a piedi.

Alla fine ce lo trovammo davanti: il bagliore minaccioso del fuoco, lo scoppiettio energico della legna bruciante, le piccole scintille che s'alzavano in aria come stelle luccicanti. Il caldo, che era caldo di festa e di abbracci, di pace ritrovata.

E noi lì, insieme, in un attimo muti. Gli occhi accesi, infuocati.

Qualunque istante, dopo quello, sarebbe stato inutile, ridicolo. Questo pensavamo, capendo per sbaglio il senso di quella nostra età: scoprire, una sola volta nella vita, il gusto delle cose eterne.

6.

Il giorno dopo i ragazzi pranzarono fino a tardi con le famiglie. Pranzi di Ferragosto: bicchieri di carta e tavole cresciute, donne affaticate, orde di bambini urlanti. I più giovani nascosti nelle camere da letto a raccontarsi tra loro la notte balorda. Generazioni inconciliabili, aveva detto Bruna prima di andare.

Lei pure avrebbe raggiunto sua madre. Poi sarebbe tornata, così aveva promesso. In un angolo aveva lasciato le sue sigarette e poco altro: una giacca di jeans, un braccialetto di perline. Mettilo tu, aveva detto a Enza. Poi la raccomandazione inutile: Aspettami.

Enza e io ci svegliammo prese dall'euforia. Camminammo per un po' avanti e indietro senza ragione. Tastammo le pareti, cercammo nei cassetti. Non ci riusciva di star ferme. Nel piccolo bagno Enza scoprì un rasoio elettrico e lo usò davanti a me. Alzò una gamba sul lavello. Si guardò allo specchio in quella posa da grillo. Mi guardai anch'io, in piedi poco dietro di lei, la schiena schiacciata al muro.

Forse era quella la foto della giovinezza: noi davanti ai nostri specchi mentre il mondo gira e gira.

Che importa, avremmo detto, pure sapendo cosa accadeva fuori da lì.

Angela che allertava i vicini e i negozianti, e intanto stringeva tra il pollice e l'indice una fototessera: Enza a dieci anni.

A tutti diceva: Adesso ha i capelli più lunghi. Poi pochi indizi: Sono in due, alte così, hanno zaini arancioni. Già il giorno prima aveva chiamato Pietro, mia madre. Una voce angosciata aveva detto: Venite qui, vi prego.

Non sarebbe servito, lo sapevamo. Enza infatti continuava a ripetere: Non ci troveranno mai. Poi allargava la bocca, rideva di niente.

Così felice non l'avevo mai vista. Glielo dissi e lei mi guardò dallo specchio senza girarsi, poi stonò una canzone.

Nel mondo che solitudini ci dà / Perché non resti un po' con me?

Quella sera per festeggiare comprammo birre e focacce. Enza sistemò le porzioni in piattini di carta che divise saltellando da una parte all'altra. Tra i suoi capelli splendeva una coroncina fiorita da damigella. Bruna ne volle una uguale: insieme intrecciarono fiori d'acacia rubati alla strada. Quando si guardarono l'un l'altra coi fiori nella testa Davide le prese in giro. A Bruna disse: Attenta che diventi signorina anche tu. Allora si accese una baruffa scherzosa. Tornarono i giochi, tornò la contentezza.

Più tardi scattammo pure una foto. Stretti, abbracciati, maschi e femmine. Settimane dopo avremmo scoperto che la foto non era venuta. Si vedeva un fascio di luce bianca, pulviscoli luminescenti, delle dita, nient'altro.

Enza e Mirco continuarono davanti a noi a scambiarsi attenzioni amorose. Occhiate fugaci, perlopiù. Gentilezze e cortesie che prendevano spesso il tono della burla, e che raramente mutavano in veri avvicinamenti. La sola volta che si trovarono l'uno a un palmo dall'altra, lui abbassò la voce sulle orecchie arrossate di lei e le disse: Non ora. Un minuto più tardi, lei già confabulava con Bruna, che era tra loro come una forza, un impaccio.

La sua testa bionda interferiva in tutti i loro incontri: se li trovava vicini, era capace di aggrapparsi al collo di Enza e affondarle i denti su una spalla. Poi rideva, si schermiva con le mani e con poche scuse: È stato uno scherzo, diceva. Oppure l'abbracciava, l'accarezzava, si prendeva la sua attenzione con piccole mosse affettuose. Avevano iniziato anche a parlarsi in codice utilizzando il lessico dei pescatori. Dicevano: *Il pesce è nella rete*, quando qualcuno dei ragazzi cadeva in uno dei loro trabocchetti. Oppure usavano le espressioni *alta marea* e *bassa marea* per descrivere i loro cambi d'umore.

Quando Davide l'accusò ridendo di essere una lesbica, lei lo guardò come una bambina che era appena stata lodata per una furbizia. Poi con una voracità che non le conoscevo si accostò a Enza premendole le labbra sulla bocca. Fu un bacio arronzato, somigliante non ai baci di due amanti, ma ai baci che danno le madri ai figli quando premono e premono e dicono: Quanto è bello il mio amore.

Quella notte dormirono vicine, Enza e Bruna. Strette, abbracciate.

Prima di chiudere gli occhi avevano parlato con l'aria concitata dell'affetto che si portavano a vicenda. Non solo: si erano scambiate promesse per l'inverno.

Ci vedremo anche col freddo. Io da te, tu da me.

Fu quando crollarono nel sonno che cominciai a covare nello stomaco una certa irrequietezza. La vista di loro due insieme, avvinghiate, mi strinse l'addome.

Mi girai di spalle. Per poco non esplosi in un pianto.

La cantina era ancora fasciata dal fumo di tutta una sera. Nel buio scorsi i corpi addormentati dei ragazzi. Sdraiati, chi per terra, chi sulla poltrona.

Nessuno era tornato a casa. Erano ancora tutti là, nello spazio che avrebbe dovuto essere il nostro e invece per una notte era di nuovo il loro.

Lì per lì non seppi interpretare il mio malumore. Mi sentivo piuttosto stanca, disorientata, e forse offesa per il modo in cui erano andate le cose. Avevamo trascorso insieme delle giornate bellissime. C'eravamo dette affezionate l'una all'altra. Eppure quando si era trattato di fare progetti ero stata la sola a rimanere esclusa.

Mi dicevo: non è giusto.

Tornai a pensare con insistenza alle parole d'odio che Bruna aveva riservato a Enza. All'espressione tronfia con cui aveva parlato davanti al suo gruppo di amiche. Si doveva essere assai infidi per dire male di qualcuno a quel modo e poi ravvedersi di colpo. Profondersi persino in lodi, cercare il bacio, la carezza.

Quasi pregavo che tornasse subito il giorno per attrarre Enza in un abbraccio e rivelarle sottovoce ogni cosa.

Non ti fidare, le avrei detto. Ascoltami, non ti fidare. Andiamo via di qua. Andiamo via lontano, noi due.

Solamente noi due.

Perciò quando ripenso a come andò a finire quella sera dico: non ero io. Non potevo essere io. Era qualcosa che sbucava dal buio. Da un luogo profondissimo a cui mai avrei avuto accesso.

Da lì, per forza da lì, veniva la cosa che mi mosse.

Accadde in un attimo, mentre quasi piangevo e avevo gli occhi fissi al vuoto.

La mano, da sola, scivolò lungo il bordo stretto del materasso tirandosi dietro come un ronzio di plastica. Il pavimento sotto era un mare indurito, ci passai sopra le dita. Lo sentii freddo, irreale. Forse per questo il polso sferzò veloce contro la schiena di chi dormiva lì accanto. Un colpo lieve, inconsistente, come dato per sbaglio all'aria intorno.

Per sbaglio, appunto. Infatti ritrassi la mano.

Lo stesso intuii la leggera curvatura delle spalle. Le scapole grandi e protese.

Chiusi gli occhi. Ci fu un gran sospiro, forse una pausa.

Poi ancora. Forse un sogno. Sicuramente un sogno.

La mano tornò stancamente dov'era capitata prima. Di nuovo sentii la schiena, le spalle. Questa volta anche un braccio. Un braccio magro di ragazzo, ripiegato su un fianco.

Bastò una prima carezza per far tornare indietro tempi lontanissimi.

Mi sembrò di rivedere Enza e me, i brevi giochi della nostra infanzia. Quando le nostre mani diventavano altre mani e i nostri corpi altri corpi.

Com'era vivida l'immagine di noi due insieme, mentre la ragazza che non ero io – che non potevo essere io – prendeva in un gesto veloce la mano del ragazzo addormentato e se la portava al petto. E lì stringeva, stringeva. Aveva cura di non guardare ma sentiva tutto.

La pancia debole, il ventre informicolito.

Uno spasmo che fu come un malessere.

Quel piacere nuovo che arrivava ovunque.

Un giorno sarei emersa da quella storia e ogni cosa sarebbe stata chiara. Ma allora no.

Allora sentii solo quello strappo nelle viscere. E quasi mi sembrò impossibile che io fossi davvero là, quando riaprii gli occhi e lo vidi.

Mirco davanti a me: sveglio, sveglissimo.

7.

A quel punto ci cercavano già in quattro. Angela, Pietro, mia madre, mio padre. Genitori stremati, resi ancora pazienti dalla frase che tornava tra loro come un ritornello tragico: conosciamo le nostre figlie. Quella breve formula riuscì in qualche modo a limare le inquietudini peggiori. Si dicevano che a ogni cattiva occasione saremmo state prudenti, guardinghe, attente a non eccedere. Soprattutto, confidavano sul fatto che saremmo tornate presto. Lo stesso fecero un gran numero di telefonate, visitarono tutti i locali del paese, i bar, gli alberghi, le pensioni. Raccolsero informazioni sui nostri amici: chi sono, che giri frequentano, quali posti. Le voci arrivarono contrastanti: qualcuno disse che erano ragazzi come tanti, forse un po' vivaci, per altri invece erano piccoli teppisti e non c'era da stare tranquilli.

Intanto le ore correvano, ma solo per noi. Gli accadimenti della notte persero consistenza col giorno. Sempre più somigliavano a certe memorie impossibili da trattenere: immagini confuse, imbrogliate. Niente di ciò che avevo in testa era accaduto davvero, così mi dicevo. Anche la scontentezza venne assorbita velocemente.

Quando tutti tornarono alle loro abitazioni, Enza venne da me e allargò le braccia perché potessi stringermi a lei. Fu un abbraccio lungo e intenso. Diverso dagli abbracci che ci scambiavamo di solito. Sentii ogni punta delle sue dita, come piccoli spilli tra la carne. Per un momento mi venne il dubbio che lei sapesse. Di quella notte. Di me, di Mirco. Forse non dormiva. Forse con gli occhi incrociati dal sonno aveva spiato i nostri corpi nel buio e adesso mi abbracciava a quel modo per dirmi: So tutto. Temetti quell'ipotesi più di ogni altra cosa mentre abbandonavo il capo contro il suo torace scarno, e quasi trasalii quando sopra la mia testa cominciò a mormorare quelle parole: Devo dirti delle cose.

Non fu facile ascoltare il suo racconto.

Enza parlò dapprima con reticenza, poi con sempre maggiore schiettezza. La voce mutò di continuo: a tratti dolce e bassa, quasi sommessa, a tratti accesa. Alternò lunghi monologhi a momenti di silenzio. Ogni tanto si confondeva, allora tornava indietro, ripeteva irritata le frasi così come le aveva ricevute, imitando persino la cadenza di Bruna nel parlare. Al punto che più e più volte mi sembrò di sentire lei.

Tutto era cominciato mesi prima.

Era il gennaio di quell'anno quando Bruna aveva preso a camminare a passi precipitosi verso casa. Faceva freddo. Un freddo acuto e tagliente che saliva dal mare e pungeva sotto ai vestiti. L'inverno aveva spogliato d'ogni bellezza il paese. Via la festa, via i rumori. Il silenzio s'era mangiato ogni cosa.

Perciò quando aveva udito quel suono – un fischio sonoro presto stramazzato in riso – aveva cominciato prima a camminare speditamente, poi quasi a correre. Allora avevano preso a inseguirla. Almeno in cinque o sei. Non era certa che fossero tutti ragazzi. Voltandosi appena aveva visto solo cappucci scuri come la notte.

Dietro di lei erano insorti presto urli e cori osceni. Un baccano di scarpe. Qualcuno le aveva intimato di fermarsi chiamandola bionda. Fermati bionda, dicevano. La voce vagamente scherzosa, forse accesa da un'allegria ubriaca. Poi un fischiettare tra i denti.

Arrivò davanti al suo cortile senza fiato e fu come scivolare in un sogno. Aprì di fretta il cancelletto, se lo chiuse alle spalle. Fu lì che si lasciò cadere. Tutt'a un tratto si sentiva stanca, incapace di reggere la tensione.

Quando si rialzò avvertì un dolore acuto a una caviglia. Allora la sentì di nuovo: la voce di prima. Questa volta seria, quasi afona.

Da un punto imprecisato della strada le disse: Scusaci, non volevamo spaventarti.

Bruna sollevò la testa e lo vide per la prima volta. Oltre il cancello, in lontananza. Il ciuffo scuro di capelli, il sorriso furbo e largo.

Mi chiamo Mirco, disse lui.

Lei si voltò in uno scatto. Subito scappò via come da un incubo. Le gambe di pietra, la voce inconsistente.

Lo rivide un giorno più tardi.

Il ragazzo l'aspettava dove s'erano lasciati la sera prima: a un passo dal cancelletto che chiudeva lo spiazzo davanti alla casa.

Quando le parlò di nuovo lo fece assicurandosi che lei ascoltasse: le prese i polsi tra le mani, la guardò negli occhi.

Le disse: Resta, non andare via.

Dalla sua voce veniva adesso una leggerezza che la lasciava esitante. A lei arrivò come una confessione d'amore.

Si videro ancora. Fu sempre lui a cercarla. Presto le svelò il suo affetto. Ci girò intorno svagatamente: le chiese un bacio, poi due. Qualche volta si incontrarono in una piazzola battuta dal vento.

Bruna, che fin dall'inizio s'era mostrata impassibile, smise il piglio sospettoso, si lasciò baciare e abbracciare. Ora, in sua compagnia, parlava e rideva. Gli occhi tremolavano come fiammelle.

Le brevi apparizioni divennero incontri. Arrivarono a passare insieme la maggior parte del tempo. La vista di lui la rasserenava. Le toglieva ogni paura, ogni abbattimento.

Nacque una storia che durò dei mesi e pareva viva e senza ombre. Discorrevano di tutto, della vita, della morte. E intanto non smettevano di ridere e di farsi rossi dall'allegria.

Poi una sera lo trovò cambiato. Forse assalito dall'ansia, dalla malinconia.

Per un po' camminarono avanti e indietro per il suo cortile scambiandosi frasi distanti.

Appena lei provò a ritrarsi lui le immerse le mani tra i capelli.

Con la voce provata dalla stanchezza le disse: Non possiamo vederci più.

Lei si mosse appena.

Poi entrando in casa avvertì tra le costole un gorgoglio faticoso. Come se qualcosa di tranquillo si fosse mosso di colpo.

Già quella sera, le pareti in casa sua cominciarono a tremare. Le porte iniziarono a chiudersi alla velocità di una trappola per topi. Sbattevano come sospinte dalla corrente. Emettevano un suono di schianto, di cose rotte, spezzate.

Nelle settimane a seguire Bruna diventò irriconoscibile. Passava le giornate a torcersi nel letto, sbraitava per un nonnulla, era cambiata persino nell'aspetto: magrissima, con le ossa del torace in vista e due zigomi sporgenti come se patisse da sempre la fame. Mela la guardava con disperazione, temendo disgrazie. In due o tre occasioni provò a consolarla, le disse: Che piangi a fare, quello era un delinquente. Volle incoraggiarla: sua madre sapeva vedere oltre le cose, e oltre le cose non vi era nulla di buono. Disse di più: certi maschi erano come i frutti scavati e succhiati dai vermi, al primo morso rivelavano un interno putrescente. Non c'era di che angosciarsi. E poiché la figlia non l'ascoltava, delle volte le scuoteva le spalle, e le diceva: Svegliati. Oppure insisteva: Esci, vai a farti un giro e torna a casa contenta.

Per un po' funzionò davvero: le continue sollecitazioni di sua madre finirono per divorarle i pensieri. Allora sentì crescere dentro di lei un dolore nuovo. Un dolore profondo e cattivo, faticoso, pieno di risentimento.

Improvvisamente le sembrava di aver vissuto un tempo solo immaginato che l'aveva resa triste e fiacca. Solo i sogni le davano ancora un'idea di movimento.

Nei sogni era viva e allegra. Rideva anche senza aprir bocca. Nessuno l'aveva abbandonata. A nessuno doveva perdono.

Era, in quelle ore di sonno, più vicina alla bambina scherzosa che appoggiava coccarde rosse sugli occhi per far ridere il padre, più vicina alle notti schiarite, quando l'estate è alle porte e il cielo luccica di luce nuova.

Al risveglio tornava la rabbia, allora meditava la vendetta, inventava punizioni orribili che spesso varcavano i confini del lecito. Si chiedeva ossessivamente quale fosse il passo giusto da fare, e intanto parlava a sua madre in modo più esigente, le diceva: Aiutami, e subito elencava intenzioni feroci.

Quando Mela capì che non scherzava fece un passo indietro, cambiò atteggiamento, in un tono serissimo le disse: Stai esagerando, e la chiamò per cognome guardandola appena. Erano anni che non la chiamava così. Più tardi rivelò che ce l'aveva un po' con sé stessa per averle spinto quelle fantasie, ma Bruna già non l'ascoltava più: da una finestra spiava le ragazze appena arrivate in paese, gradualmente si ricordava di loro, della più grande soprattutto. Quando intravide le biciclette rosse al loro seguito, una fila di pensieri segreti divampò nella testa come un incendio.

Perciò ci coinvolse: voleva qualcuno che la aiutasse, che fosse dalla sua parte. Se quella notte aveva sottratto le nostre biciclette dal cortile, e se la mattina dopo era comparsa in casa nostra per spronarci alla rivalsa era perché cercava alleate e nient'altro.

Adesso lo sappiamo: per ingannarci era bastato pochissimo. Era stato come tirare a sé due bambine con dei sacchi gonfi di dolciumi. Eravamo state noi, tutto sommato, a credere alle favole. Ce lo domandammo ancora e ancora: come avevamo fatto a crederle?

8.

In quel momento Enza cambiò di voce e diventò paonazza. Descrisse minuziosa il modo in cui Bruna le aveva riferito ciò che era accaduto dopo. Disse che mentre parlava aveva occhi esagerati e che sembrava un'altra. Una creatura sconosciuta e quasi aliena, con le pupille accese come un gatto di notte.

Arrivò brevemente al primo litigio in spiaggia, il giorno in cui i ragazzi erano venuti a chiederci delle bici e noi avevamo pensato al peggio.

Quel giorno, Mirco le aveva rivelato sottovoce come erano andate davvero le cose. Allora il tempo si era messo a correre veloce, e lei aveva avuto fretta di tornare a casa.

Ora la ricordava come una cosa accaduta ad altri, eppure era successo a lei; quella sera, presa dalla collera, aveva lanciato contro sua madre un coltello da cucina, l'aveva ferita a un palmo, poi aveva cominciato ad accusarla: Sei stata tu. Per dieci volte almeno aveva detto: Sei stata tu.

Mela le aveva rivolto uno sguardo gelido e subito si era mossa verso di lei chiamandola con una voce isterica. Pazza. Ho una figlia pazza. Presto aveva rincarato la dose. Adesso urlava che era ben contenta di averla sottratta alle sue cattive compagnie. Che le aveva risparmiato sofferenze. Che i maschi a quell'età succhiano tempo e energie. Al culmine dell'esasperazione le aveva mostrato le mani, i polsi robusti.

Poi la confessione: Con queste gli ho stretto il collo. È scappato via come scappano i diavoli.

Quando ormai fu evidente che era stata sua madre a tenere Mirco distante, Bruna ripiombò nello sconforto. Per dei giorni si sentì di nuovo sopraffatta dalla tristezza. Passò interi pomeriggi a nuotare avanti e indietro lungo la costa fino a che non si sentiva esausta e poteva tornarsene a letto. Smise di nuovo di mangiare e insecchì ancora. Almeno fino al giorno in cui Enza le aveva offerto un libro da leggere e qualcosa lì dentro l'aveva come risvegliata.

Allora, forse, l'illusione di riavere Mirco accanto aveva avuto la meglio. Il giorno dopo aveva organizzato un incontro di gruppo, poi un altro. Quelle volte s'era finta contenta. Aveva riso e scherzato.

Una sera gli aveva persino detto scherzando: Essere amici è quasi meglio. Subito lo aveva baciato su una guancia, poi sul collo, infine sulla bocca. Lui aveva fatto sì con la testa, aveva ricambiato il bacio. Le aveva detto: Hai ragione. Ma già un attimo dopo baciava Enza dove aveva baciato lei.

A quel punto del racconto Bruna era scattata in piedi, lo sguardo inghiottito da un'allegria avvelenata e forse da una punta di sollievo. Alla fine si era chinata su Enza, le aveva accarezzato una spalla. Con gli occhi che bruciavano aveva detto: Giuro che non ce l'ho con te. Non potevi saperlo. Adesso però promettimi di non guardarlo più. Promettimelo ora, ti prego. Per la nostra amicizia, promettilo. Promettiamocelo a vicenda. Che ci importa dei maschi. Che ci importa di Mirco. Non abbiamo bisogno di lui.

Enza aveva portato una mano al petto. Te lo prometto, aveva detto.

Bruna aveva terminato il suo racconto un'ora più tardi, mentre Enza sfregava le mani contro una saponetta odorosa e lei se ne stava accovacciata sul water intenta a orinare. Si sistemavano per la notte quando anche l'ultimo pezzo di storia si incollò agli altri.

Mi segui? le chiedeva ogni tanto vedendola come smarrita. Allora Enza faceva sì con la testa, dissipava ogni imbarazzo in una risata pigra e le chiedeva: Continua.

Così seppe del secondo litigio. Dopo la sera alla cantina, quando Mirco aveva baciato Enza, i rapporti tra loro si erano fatti ostili. Non si parlavano. Non si guardavano neanche. Alla prima occasione, forse temendo una scenata, lui le era andato incontro ingentilendo la voce. Come sei bella, aveva detto mettendole le mani sui fianchi.

Era la sera in cui tutti si divertivano sulla spiaggia e noi spiavamo la scena dall'alto.

Adesso scoprivamo che mentre Enza e io guardavamo curiose, provando a sottrarre le ombre al buio a furia d'immaginazione, Bruna perdeva ogni controllo.

Quella volta lo respinse malamente, parlò con insolenza e con parole che sembravano dardi di fuoco. In margine alla battigia gli disse: Non provarci mai più, altrimenti vedi che ti succede. Con le mani mimava la minaccia: Vediamo se so farti più paura di mia madre.

9.

Quando Enza finalmente tacque ci guardammo come due stupide. Dunque era come avevamo pensato all'inizio: Bruna e Mirco erano stati amanti, fidanzati. Le storie che ci aveva raccontato erano menzogne imbastite per riaverlo con sé, e l'amicizia che professava per noi, ma soprattutto per Enza, era fasulla e improvvisata.

Capisci, le dissi, voleva riprenderselo e le serviva una spalla. Altro che amiche di qua, amiche di là. Ci vedremo anche in inverno, squittii imitando una voce in falsetto. Credici.

Quando espressi il mio pensiero Enza si mostrò distaccata, preferì trafficare con una spazzola tonda attorno alla sua capigliatura informe. Intanto si osservava nel frammento di uno specchio rotto trovato per terra. Indugiava sulle guance scavate, sugli occhi stanchi. Cercava, forse, lì in mezzo e nel suo modo orgoglioso, la ragione che ancora la tratteneva dall'andare via.

Perché non ce l'ha detto subito? chiesi.

Lei si strinse nelle spalle, cominciò a infilare una parola dopo l'altra. Ipotizzò che Bruna fosse più riservata di quello che pensavamo, oppure che non volesse fidarsi di noi, o ancora che fosse così sinceramente pentita delle sue bugie iniziali da credere che rivelarle dopo avrebbe acceso inutili screzi. Si vergognava, disse infine provando malvolentieri a scusarla. Poi si voltò da una parte come se cercasse di evitare il mio sguardo.

Io non fui da meno. Mi rigirai intorno spiando ogni dettaglio di quel posto come se studiassi una mappa. Il materasso su cui avevamo dormito. Le stuoie e le coperte sparse per terra. L'ordine bizzarro delle sedie. I mozziconi ingialliti, i bicchieri dondolanti. Sebbene provassi a figurarmi pezzi di quella storia, la sola cosa che riusciva a venirmi in testa con ostinazione era il benessere perverso che avevo sentito quando avevo preso la mano di Mirco e me l'ero spinta addosso. Poi l'umiliazione – il disgusto – di sentire tra le mani il corpo suo di maschio.

Quel brivido nuovo mi aveva lasciato addosso una tristezza sedimentosa. Per non parlare della manciata di minuti in cui io e Mirco ci eravamo guardati al mattino senza dire una parola, promettendoci a quel modo il segreto, il silenzio. Tutte le belle cose che avevo pensato di lui s'infiacchirono su quell'immagine. Mirco non aveva niente di speciale. Era un maschio come ce n'erano tanti. Incapace di tenersi il desiderio tra le gambe.

Il racconto di Bruna me l'aveva confermato.

Più tardi Enza mi venne vicino, aggrottò leggermente la fronte. Con la mano mi carezzò tutta, la testa, le spalle, la schiena. Intanto ripercorse ogni momento delle ultime settimane cercando di cavarne fuori un senso.

Improvvisamente fu come discutere di un libro che entrambe avevamo letto e da cui adesso volevamo risposte. La bizzarra storia delle biciclette. Le attenzioni di un ragazzo su di lei, poi il suo improvviso silenzio. L'orribile scritta sul muro apparsa in una notte. La lunga confessione di Bruna. Infine la promessa che era riuscita a strapparle: Non guardarlo più. Per la nostra amicizia, aveva detto.

Mentre parlava, i suoi occhi contemplavano un punto lontano che non fui in grado di vedere. Cercava inutilmente il filo che legava insieme tutto – l'amore? il dolore? la vendetta? –, ma continuava a confondersi.

Quando non ci fu più niente su cui discutere fui io a dirle: Andiamo via.

Lei mi guardò come se avessi detto un'assurdità. Allora la presi per il polso tirandola appena, di nuovo dissi: Andiamo. E poiché lei non mi ascoltava continuai dicendo: Non ti è chiaro? Quella ci prende in giro dall'inizio. Non le interessa niente di te, vuole solo tenerti buona. Perché ti ostini a crederle?

Lei si affrettò a difenderla: Che dici, non la conosci. Liquidò le mie parole in un movimento distratto della mano. Evitò di guardarmi.

Allora mi riempii di rancore, persi ogni premura. In un attimo rivelai le parole cattive che Bruna aveva usato alle sue spalle. La offesi inventando insulti ancora peggiori. Ecco cosa dice di te: Che sei una puttana. Questo dice. Chi vuoi che abbia scritto quella roba sul muro? Con te fa l'amica, ma in realtà è solo una perfida.

Fu un'esplosione. Parlai senza freni, in un tono tanto acceso da farmi paura. Lanciai urla incredibili. Solo alla fine, quando cominciai a placarmi, ricordai con voce flebile di quando da bambine ci piaceva frugare tra i cassetti alla ricerca di lettere e confessioni d'amore. La furia di indagine che muoveva le mani. L'antica curiosità che era il tratto nostro più vero.

Adesso accadeva come allora.

Di nuovo, eravamo raccolte con affanno attorno a una storia che non era la nostra.

Da settimane, ormai, ci muovevamo come burattini di legno imbrigliati a dei fili.

E cosa avevamo ottenuto?

Una sciocca imitazione del dolore. Una sciocca imitazione della felicità.

Quell'ultimo pensiero la avvilì più del resto. Una smorfia di fastidio le occupò la faccia. Poi iniziò a piangere. Un pianto nervoso, tutto fremiti. Disse che temeva di essersi affezionata a quel luogo più del dovuto. Disse che le toglieva dalla testa il rumore crepitante delle urla in casa sua. Quando Angela s'arrabbiava e ovunque s'alzava un trambusto di guerra.

Infine disse una cosa che le costò più di ogni altra. Lo capii dal modo in cui piegò le labbra e abbassò la testa. Con me non era stata sincera: sulla sua vita lontano da lì aveva mentito. Non c'erano volti goliardici ad allietare le sue serate. Poche amiche, nessun ragazzo.

Mirco era stato il primo. Il primo a tenerle la mano, il primo a darle un bacio, il primo a cercarle addosso i suoi tratti di femmina.

A quel punto si zittì, poi cominciò a muoversi per la stanza senza tanti indugi.

Infine disse: Hai ragione tu, dobbiamo andarcene.

Quando iniziò a raccogliere i suoi oggetti mi impegnai per starle vicino, aiutarla in tutto.

Camminai al suo fianco. Assecondai i suoi ordini con cura. Mi prodigai in ripetuti "faccio io". Rassettai rapidamente la stanza. Le alleggerii le braccia.

Esaurii le ultime forze provando a immaginare quello che ci aspettava.

Le nostre madri con le facce immusonite e scontente, le voci infervorate. Le colpe che avrebbero riversato su di noi per settimane. Poi i loro silenzi.

All'improvviso ero spaventata. Per un attimo desiderai di non essermi mai spinta tanto oltre. Poi guardai Enza. Anche lei era presa dall'agitazione. Un'agitazione diversa dalla mia. Nei suoi occhi c'era tristezza, e pure un filo di speranza. Quando rivelò il suo desiderio, disse che era pieno di stupidità.

Cosa avrebbe voluto? Tornare indietro.

La porta cigolante. Il buio dello sgabuzzino. Lei e Mirco. Stretti, un'unica volta, nell'illusione di essere soli. Soli in quello spazio angusto. Soli in tutto il mondo.

Riuscii a vedere, mentre parlava, che le tremavano le mani.

Allora mi feci vicino, di colpo sopraffatta da sentimenti ambigui.

Non dissi niente. Accantonai il pensiero di averla tradita, e accolsi il piacere sottile di sentirmela tra le braccia, feci posto alla tenerezza che le scorgevo in viso. La strinsi forte.

La nostra estate – la nostra bella estate – si dissolveva così.

Quando eravamo ormai pronte per uscire restammo non so quanto davanti alla porta.

Lì, per terra, Enza aveva sistemato il suo biglietto d'addio. In poche frasi aveva detto grazie per il tempo insieme. Firmando aveva aggiunto il mio nome: Enza e Anna, come se le parole fossero venute da entrambe. Fu allora, mentre ancora non ci decidevamo a muovere l'ultimo passo, che qualcuno bussò. Un colpo, due, tre.

Enza si precipitò ad aprire e una voce la investì: Dovete andare, vi cercano tutti.

Era stata Bruna a parlare. La sua testa bionda comparve poco a poco. I capelli erano sudati, la faccia pallidissima, capimmo che aveva corso. In fretta raccontò ciò che sapeva: Vi danno per disperse, chiameranno la polizia se non tornate, metterete tutti nei guai. A Enza disse: C'è anche tuo padre. Poi a me: Pure i tuoi genitori sono qui.

D'improvviso ogni cosa divenne reale. Non lontano da dove eravamo un cane abbaiò per qualche ragione. Ci fu un saettare di uccelli. Uno sbatacchiare indistinto di porte o di finestre. Un rumore di freni. Tornarono i suoni del mondo.

Bruna notò solo allora i nostri zaini. Eravate già pronte, disse. La voce si strozzò in gola, lei indietreggiò. Con le mani unite come in preghiera disse: Vi prego, non dite che eravamo insieme o mia madre mi uccide. Me lo ha chiesto e ho detto: Non lo so, non lo so dove sono. Parlò col fiato accorciato, continuando a farsi indietro coi piedi. Neanche per un momento staccò gli occhi da Enza.

Quando mi voltai a guardarla anch'io capii perché. Mai dimenticherò l'espressione che scorsi sul viso di Enza quella mattina: due occhi inaspettatamente lucidi, come accesi da piccoli lampi dorati. Le tempie che pulsavano.

Pensai che stesse per mettersi a piangere. Che bastasse ormai un piccolo gesto o una parola per portarla di nuovo alle lacrime. Invece prevalse la rabbia. Qualcosa di cattivo le risalì per lo sguardo. Avvertii il suo disprezzo.

Sei una bugiarda, disse rivolta a Bruna. Sei sempre stata una bugiarda. Vuoi solo che ce ne andiamo da qui. Vuoi che ci chiudano di nuovo in camera così potrai goderti la tua estate in pace.

Fece due passi per raggiungerla. Intanto la incalzava: Dillo adesso cosa dici di me. Dimmele in faccia le tue belle parole. Vediamo se hai il coraggio. Oppure devo arrivare davanti a casa per vedere che hai scritto stavolta.

Per la prima volta Bruna non osò aprir bocca, sembrò non capire. Continuò a farsi indietro finché fu nel mezzo della strada, poi fin dove non poté più. Guardò Enza che la seguiva, poi guardò me. Il suo sguardo smarrito mi riempì di incertezze. Allora mi feci vicino, presi Enza per un braccio, la tirai a me. Volevo dirle: Calmati, andiamo via. Lei invece mi respinse malamente.

10.

Ancora oggi non so dire cosa accadde di preciso quel giorno. Ripensarci è come camminare scalzi su uno di quei pavimenti appiccicosi. Ogni passo ha il suono intollerabile di uno schiocco di lingua e si porta dietro un residuo viscoso.

Mentre Enza l'accusava, Bruna aveva occhi stravolti.

Capii di avere esagerato: non avevo dosato le parole, e adesso Enza era fuori controllo. Vidi la rabbia che s'avventava sugli occhi mentre diceva e ridiceva che non s'aspettava d'esser trattata così: usata, rigirata, presa in giro. Il tono era furioso, vicino all'attacco isterico.

Disse con chiarezza che detestava le malelingue e le scaraventò addosso insulti feroci: Sei cattiva, è questo che sei. Ti meriti di stare sola e nient'altro.

Poi si girava ancora verso di me, cercava segni di consenso o che la spalleggiassi, io non dicevo niente. Piuttosto indietreggiavo. Mi guardavo attorno: il vialetto di terra battuta, la grossa acacia ripiegata lì nel mezzo e loro due poco più in là, nel punto in cui la strada terminava e si vedeva tutta la vallata scendere al mare.

Centinaia di metri più in basso, la terra odorava di un incendio lontano. Forse da lì risaliva l'aria incenerita, le scorie minuscole che adesso si annidavano attorno a loro come piccoli insetti spostati dal vento. Enza ne schivò una parte col braccio mentre la lingua si faceva più ispida. Per attaccarla ancora usò le mie parole. Le disse: Perfida, una vera perfida.

E con la mano la schiacciò contro il guardavia come se avesse voluto tenerla ferma e poi picchiarla.

A quel punto Bruna si schermì con le mani, disse: Aspetta, aspetta. Per tutto il tempo, mentre Enza parlava, s'era presa la parte della vittima. L'aveva guardata in silenzio, quasi stordita. Le mani in tasca e un equilibrio storto, precario. Adesso invece la pregava di fermarsi con la voce solida, tanto che Enza sembrò rinsavire all'istante. Infatti mosse un passo indietro, chiese scusa con gli occhi, affievolì la voce, disse solo: Come hai potuto? ma in un tono patetico.

Bruna allora si mosse in avanti, uno scatto veloce. Pensai che volesse aggredirla a sua volta e il cuore mi saltò nel petto.

Invece le gettò le braccia al collo, si strinse a lei.

Cominciò a dire: Credimi. Non ho fatto nulla. Quale scritta. Non sono stata io. Solo una volta ho parlato senza pensare: eravamo in spiaggia, si era bevuto e io ero ferita. Mai e poi mai ridirei certe cose. Perdonami, ti prego, perdonami.

Enza, sulla sua spalla, la guardava di sbieco e con occhi che sembravano di cera. Vidi che le tremava la bocca. Qualcosa doveva averla scossa, ma ancora si sentiva dalla parte della ragione e non voleva cedere.

Non ti credo.

Poi si staccò dall'abbraccio e parlò senza energia: le disse che era inaffidabile e che era stanca di sentire storie. Pure sulla loro amicizia volle essere chiara: Non voglio vederti più.

All'improvviso sembravano sorelle: la minore sopraffatta dalla grande che ancora lanciava ricatti e frasi a effetto. Ci fosse stata una porta l'avrebbe chiusa, avrebbe detto: Via da qui, via. Ma tra loro non c'erano porte e ancora si guardavano afflitte.

Bruna giurò su suo padre. Disse di nuovo: Credimi. Poi cadde in ginocchio e cominciò a pregarla. Gli occhi diventarono fessure. Le parole incespicarono. Non poteva sopportarlo: da quando era nata le capitavano cose orribili e nessuno sapeva dirle il perché. Era stato tutto un susseguirsi di tristezze. Le persone se ne andavano senza ragioni e adesso pure lei. Solo a pensarci le mancava l'aria.

Seguì un turbinio difficile da afferrare: Bruna parlò senza pause, cominciò a dire aiutami, si scagliò contro sua madre e contro il paese in cui abitavano. Disse che le cose della sua vita facevano buchi ovunque: trappole scavate dai tarli. Quando ebbe finito, avvicinandosi appena disse: Almeno tu, e la frase rimase sospesa.

Enza però non si arrese: Mi dispiace, disse, e fece no con la testa. La bocca si sformò in una smorfia che significava: basta, finiamola qui.

Fu forse quello il segnale che Bruna sentì più di tutti: quando vide la faccia di Enza dopo le sue parole – piuttosto fredda, decisa – non riuscì più a guardarla. Si tirò in piedi. Il corpo vacillò come un fuoco assediato dal vento. Per un momento non la riconobbi: i capelli le invadevano la fronte come vermi filiformi. Mi tornò in mente l'immagine che avevo avuto quando l'avevo sentita raccontare di sua madre, della treccia bionda tagliata in una notte. Rividi la bambina che guardava allo specchio i ciuffi sforbiciati. Sentii di nuovo l'orrore.

Pensai: che stiamo facendo, e fui assalita dal panico.

Allora mi feci avanti, dissi: Aspettate. Mi sembrò, non so perché, il momento di toglierle dalle brutte discussioni in cui s'erano immerse. Avrei detto: Per favore, calmiamoci. Riflettiamo un poco, accendiamo sigarette, scherziamo, beviamoci su.

Non ne ebbi il tempo.

Già mentre mi muovevo in avanti vidi gli occhi di Enza accendersi di paura. Guardai dove pure lei stava guardando, e fu un attimo.

Qualcosa di vivo agitò l'aria intorno.

Riuscimmo a dire: No. Un unico grido disperato, altissimo – eppure inutile.

Bruna aveva già tentato il salto: un piede sul guardavia e una spinta di gambe.

Per un istante il suo corpo asciutto si stagliò nel cielo come un'ombra. Poi sparì.

11.

Cosa sentimmo allora? Adesso non saprei dirlo. Nel ricordo si cancella ciò che accadde dopo: immagino che a un certo punto avessimo trovato il coraggio di avanzare un poco e guardare giù. Ci immagino sporte dal guardavia, Enza e io, a controllare inutilmente tra gli alberi e fino al mare. Immagino la corsa che seguì: interminabile e incerta, ginocchia deboli e piedi zoppicanti. Immagino lo spavento, forse le grida. La fatica davanti agli adulti: il racconto, le parole scelte. La conta degli errori e la domanda che domina sulle altre: colpevoli o innocenti? Quella non la immagino, è reale: l'avremmo ripetuta al telefono per dei mesi. Sono reali anche le ragazze alla cornetta: una bianca, bulimica, che si nutre di cracker e unghie e fuma in camera di nascosto; l'altra più brutta, ingrassata, con la fronte morsa dai brufoli e i denti storti. Cambiate in un'estate, si sarebbe detto. Poi gradualmente riabilitate: già l'anno dopo erano quelle di sempre, non sarebbero rimaste tracce.

Ora però lo sapevano: esisteva un punto oltre il quale cadevano le cose. Un punto vicinissimo, che si poteva persino sfiorare. Lì cadeva l'adolescenza, cadevano le estati. Le giornate abbaglianti. I volti delle persone conosciute, il loro accento. I corpi allo specchio. I desideri, la contentezza. Cadevano gli sbagli. L'odore della pelle. Le ciglia intrappolate dal rimmel. Le macchie sui vestiti. Le biciclette rosse, le biciclette blu. Il respiro acido della notte. I capelli tenuti da mollette. Cadeva la pioggia di agosto. Le scarpe fatte di cenere. I laccetti del costume. Le feste. Il sangue nelle mutande. Le dediche sui tovaglioli da bar. I nomi dei genitali. La vergogna. I baci. I jeans. Cadeva la vita. Cadeva soprattutto la vita, non tornava più.

Salvezza

Prima di oggi non avevo quasi mai raccontato questa storia. Le volte che avevo tentato, gli eventi erano usciti di bocca contraffatti. I pezzi si erano stretti tra loro toccandomi di striscio. Chi ero io? La testimone, la spettatrice. Quella che ha visto la ragazza morire e non ha potuto fare niente. Neanche soffrire abbastanza, del resto la conosceva appena.

A chi domandava rispondevo: Ho visto da molto lontano. Un tuffo, come di chi si getta in mare da una roccia, le braccia aperte e i capelli al vento. Nient'altro.

Col tempo anche quella versione cominciò ad affievolirsi. Iniziai a dire: Non ricordo, non ricordo più niente di quell'estate. Solo una vaga reminiscenza di una ragazza che cercava la vita nel posto sbagliato e invece aveva trovato la morte.

Una banalità sconcertante, che pure nascondeva una verità: cominciavo a dimenticare. La testa è una sacca molle, dentro vi scendono le cose, alcune non ne escono. Pensai che fosse un bene.

Poi un giorno rovistando tra vecchie carte ritrovai per sbaglio l'unico oggetto che ancora conservavo di quella vacanza. Tra tutti, proprio quello. Il dolore riaffiorò pungendomi il petto.

Mi venne di chiamare Enza. Non lo feci, non la sentivo da anni. Così andai da Viola che era stesa sul letto, le mani strette al cellulare. Mi sdraiai al suo fianco e le avvolsi un braccio attorno alla vita. Mi sorprese la sua calma. Avrei voluto tirargliela via per la bocca e passarle il movimento strisciante del mio stomaco. I suoi rumori.

Invece quel giorno dissi solo: Come ti amo.

Parole cave, larghe quanto una sepoltura.

Adesso, mentre finisco di raccontare, Viola mi stringe le mani. Non mi interrompe. Non fa domande. Aspetta paziente la fine della storia, poi mi dice: Andiamo.

Insieme scendiamo dall'auto, camminiamo in silenzio, sono io a guidarla. Attraversiamo l'antico vialetto alberato che ora è un mucchio di sterpaglie. Le scarpe affondano a ogni passo. Terra bagnata e foglie. Le poche case attorno sono senza vita. Con la mano ne indico una: quella era la cantina, dico. L'ingresso era più bello di così.

Mi scuso per come il tempo si è abbattuto sulle cose. Vorrei che fosse altrimenti. Vorrei che Viola vedesse questo posto come l'ho visto io. Come l'ho sognato in questi anni. Senza ombra di fantasmi.

Invece la natura si è mangiata le case e la strada. Persino il sorgere del dirupo è camuffato. L'acciaio del guardavia non si vede più. Al suo posto arbusti giganti e rami secchi.

Ci fermiamo nell'unico punto possibile.

Guardo Viola, le dico: Qui.

Lei fa sì con la testa. Mi incoraggia. Nella sua voce più dolce mi dice: Se vuoi chiudo gli occhi.

Io le dico no.

Non li chiudere, Viola.

Guarda tutto.

Guarda fino alla fine.

Guarda mentre sfilo dalla borsa il segreto che mi ha tormentato per anni. Un segreto da ragazzina. Guarda come sono piccola e misera, Viola. Devi sapere tutto di me. Anche che una notte, presa dall'angoscia e forse dalla gelosia, con indosso un vestito davvero bello, sono uscita di casa quando nessuno guardava e ho scritto quelle cose sul muro. Quelle cose che non pensavo, di cui mi vergogno. Le ho scritte io, Viola. Con questo pennarello qui. Una cosa stupidissima da fare, lo so, ma a te voglio dirlo. Una cosa che forse non cambia nulla in questa storia o forse sì.

Ecco, è il momento. Mi sporgo appena, allungo la mano, lo lascio cadere.

Il pennarello rotola giù, e per un attimo quasi la vedo.

Bruna dopo il salto. L'istante in cui ci siamo ancora tutte e lei è improvvisamente alta, come in volo. L'istante in cui il suo braccio aperto ci indica un'ultima volta la strada, e noi non la seguiamo.

La guardiamo andare via, e non la seguiamo.

In quell'istante, possiamo dirlo: Siamo salve. Dopo chissà.

Ringraziamenti

Questo libro non sarebbe esistito senza l'incrocio perfetto di tre donne: Maria Cristina Guerra che ci ha creduto fortissimo, Laura Cerutti che ha occhi magici e ha visto dove io non vedevo, Helena Janeczek che ha fatto emergere mondi.

Desidero ringraziare Gianluca Foglia per la fiducia. Adolfo Frediani per la gentilezza. Maddalena Ceretti per la cura e l'attenzione che ha dedicato al testo. Nadia Terranova per le parole che toccano il cuore. Giusi Migliaccio per la vicinanza e i consigli. Francesca Comandini, Paola Turco e Iolanda Marsilio, meravigliosa squadra. Gli amici che mi hanno letta mentre scrivevo e mi hanno indicato la via. Martina De Santis per la sorellanza. Lucia Laudani e Alessandra Latella per le adolescenze finite qui dentro. Nuccia per quella sera a Torino. Nonna Lucia e le sue storie. Grazie sempre a mia madre e mio padre per l'amore e il sostegno. E a mia sorella Martina, amatissima. Grazie soprattutto a Marco e Noah, casa, sollievo, ali, carezza, vita.

Indice

7 Disobbedienza

45 Desiderio

93 Colpa

155 Peccato

199 Salvezza

205 *Ringraziamenti*